Silvia Götschi

Tödliches Geheimnis

Kriminalroman

ALIBI

Im Gedenken an
Johannes Schmid-Husner

Ein Alibi-Buch bei Dörlemann

Neptunstrasse 20, CH-8032 Zürich
verlag@doerlemann.ch
www.doerlemann.ch
GPSR-Kontakt: Schöffling & Co. Verlagsbuchhandlung GmbH,
Kaiserstraße 79, D-60329 Frankfurt am Main
info@schoeffling.de

Covergestaltung und Satz: Lara Flues
Covermotiv: © La Jonx Atelier Graphique | www.la-jonx.ch
Gesetzt aus der Stempel Garamond LT / 1. Auflage 2025
Druck und Bindung: Friedrich Pustet, Regensburg
Auch als E-Book erhältlich
ISBN 978 3 03820 163 2

Eins

Mann über Bord!«

Himmel, ausgerechnet heute, in der letzten Woche vor der Winterpause, musste dieses Desaster geschehen. Während seines langjährigen Dienstes war es nie vorgekommen, dass ein Fahrgast ins Wasser fiel. Wie auch? Die Reling war angemessen hoch. Wenn jemand über Bord gehen wollte, hätte er sich weit hinauslehnen oder auf eine der Bänke steigen müssen, die sich im Außenbereich des Schiffs befanden. Wie hatte es dazu kommen können? Fast keine Touristen an diesem diesigen Tag, ein paar Fahrgäste, die ab Beckenried zugestiegen waren, ansonsten war nicht viel los.

Kapitän Matthias Stadelmann stand auf der Brücke, als ihn die Nachricht erreichte. Sofort nahm er Kontakt mit der Maschinistin auf und befahl, die Fahrt zu drosseln. Der Wellengang an diesem windigen Herbsttag war außergewöhnlich. Matthias nahm sein Fernglas zur Hand und suchte das aufgewühlte Wasser ab, während die Schaufeln rückwärts drehten und das Schiff allmählich zum Stillstand brachten. Falls jemand über Bord gegangen war, würde es heikel werden mit der Suche. Aber seine Leute wussten, was zu tun war. Hoffte er.

Auf dem Oberdeck herrschte Hektik. Matthias' nautische Besatzung rannte von der Steuer- zur Backbordseite, schaute vorne über den Bug und hinten über das Heck. Auch das Servicepersonal half bei der Suche.

Wie hatte das geschehen können? Zwar konnte er von

der Brücke aus nicht jeden Winkel des Schiffs sehen. Aber unten gab es genug Personal, die ein Auge auf die Passagiere warfen.

Matthias beorderte seinen ersten Offizier, die Rettungsringe bereitzuhalten und das Rettungsboot hinunterzulassen, wenn es die Situation erforderte. Er ließ den Anker ausfahren, rief die Luzerner Seepolizei an und gab die Koordinaten durch.

Im Seebecken von Luzern war kaum mehr ein Boot unterwegs. Die Stadt wirkte düster aus dieser Perspektive, der Pilatus dahinter wie ein mächtiger schwarzer Fels, um den Wolken einen wilden Tanz vollführten. Am späten Nachmittag war stärkerer Wind aufgekommen. Die Sturmwarnung vor dem Verkehrshaus lief mit neunzig Intervallen pro Minute auf Hochtouren.

»Niemand in Sicht«, rief einer der Offiziere.

Matthias stieg von der Brücke. Seit bald fünfzehn Jahren war er Kapitän auf dem DS Schiller, einer alten Lady der Dampfschiffflotte auf dem Vierwaldstättersee. Am 21. Mai 1906 war sie von den Gebrüdern Sulzer in Winterthur fertig gebaut und in Luzern vom Stapel gelaufen. Nach der Renovation im April 2000 und mit der zweiten Jungfernfahrt hatte zehn Jahre später Matthias' Arbeit auf dem Innerschweizer Gewässer seinen Anfang genommen. Seither war er hier nicht mehr wegzudenken. Als gelernter Maschinenbauingenieur hatte er auf dem zweiten Bildungsweg den Beruf gefunden, der ihn erfüllte. Mit seinen sechzig Metern Länge, seiner Wasserverdrängung von 310 Tonnen ungeladen und seiner Geschwindigkeit von 27 km/h bei rund 45 Umdrehungen der Schaufelräder pro Minute gehörte das DS Schiller nicht zu den schnellsten Schiffen, aber war, so fand Matthias, das schönste, vermittelte es doch ein besonders nostalgisches Flair. Mit voller Auslastung bot es Platz für neunhundert Passagiere.

Auf dem Weg zum Oberdeck traf Matthias auf eine aufgebrachte Frau, die aus ihrer Panik keinen Hehl machte. »Mein Mann ist ins Wasser gestürzt. Tun Sie etwas! Ihre Leute stehen nur rum.«

Matthias versuchte, sie zu beruhigen. »Wir werden alles tun, um ihn zu bergen«, versprach er.

»Ich kann mir nicht erklären, wie das passieren konnte. Er sitzt im Rollstuhl. Dieser steht neben der Stelle, wo er runterfiel.«

»Wo genau ist das passiert?«

»Unten bei den Tauen.«

Matthias führte die Frau zu einer Bank. »Wir suchen nach ihm. Die Seepolizei ist unterwegs und wird bald eintreffen.« Er wog ab, was dringender war, bei der Suche nach dem Vermissten zu helfen oder sich der Frau anzunehmen. Sie war um die siebzig, wirkte jedoch nicht gebrechlich.

Matthias entschied sich für Letzteres. »Ich bin Kapitän Matthias Stadelmann.«

»Frau Villiger.« Sie setzte sich widerwillig hin. »Vielleicht hat man ihn über Bord gestoßen.«

»Haben Sie den Unfallhergang gesehen?«

»Den Unfallhergang?« Frau Villiger sah ihn entgeistert an. Ihre Stimme tönte hysterisch. »Das war kein Unfall. Da hat wer nachgeholfen. Wenn er es nicht überlebt, ist das Mord.«

Matthias ahnte, dieses Gespräch würde nicht leicht sein. Was die Frau jetzt brauchte, war eine seelsorgerische Hilfe, die er ihr nicht bieten konnte. »Okay, Sie haben also die Tat gesehen«, versuchte er es auf die einfühlsame Art, was ihm nicht gelingen wollte. Er war Schiffskapitän und kein Seelenklempner.

»Nein, ich sah nur den verlassenen Rollstuhl. Sepp kann nicht schwimmen. Wenn Sie ihn nicht sofort finden, wird er untergehen. Oder er ist es schon.«

»Matthias, kannst du mal kommen?« Die Stimme gehörte dem Ersten Offizier. »Die Seepolizei ist soeben eingetroffen.«

Matthias berührte sachte Frau Villigers Arm. »Haben Sie jemanden, an den Sie sich wenden können?«

»Nein, niemanden. Wie auch? Mein Mann und ich reisen immer allein.«

»Okay, ich werde eine der Serviceangestellten bitten, sich um Sie zu kümmern. Seien Sie unbesorgt …« Matthias wusste nicht, wie er die Frau hätte beruhigen können. Nun war eingetroffen, was er längst befürchtet hatte. Bislang war jedoch nie etwas Gravierendes geschehen. Bei hohem Wellengang, was hauptsächlich bei Föhnsturm auf dem Urnersee vorkam, schickte er die Passagiere vom Außendeck ins Innere, wo die Sicherheit absolut gewährleistet war. Aber er erinnerte sich an den Unfall vor einem Jahr, als ein Kind von einem Motorschiff ins Wasser gefallen war. Glücklicherweise hatte man es retten können.

»Suchen Sie meinen Mann. Er … hat Angst vor dem Wasser.« Frau Villiger faltete bittend die Hände. »Wir wollten bloß einen Ausflug machen, weil uns das DS Schiller empfohlen wurde.«

Matthias sandte seinem Offizier einen Hilfe suchenden Blick zu und erwartete irgendeine Bemerkung von ihm. Doch diese blieb aus. In seinem bisherigen Leben war er oft in dramatische Situationen geraten. Auch den Tod hatte er hautnah miterlebt, als sein Vater und kurz darauf seine Mutter wegen einer unheilbaren Krankheit starben. Das war Schicksal gewesen, worauf er keinen Einfluss nehmen konnte. Aber jetzt geschah etwas auf seinem Schiff, an seinem Arbeitsplatz, wo er als Kapitän die Verantwortung trug. Es war seine Pflicht, bei einem Notfall erst als Letzter das Schiff zu verlassen. Musste er jetzt als Erster ins Wasser springen, um den Verunfallten zu retten?

Er wandte sich wieder an Frau Villiger. »Kann ich Sie allein …?«

»Gehen Sie«, fiel sie ihm ins Wort. »Und lassen Sie mich in Ruhe. Mein Mann ist über neunzig. Aber das geht an Ihrem Allerwertesten vorbei, oder? Uns Alte will man abschieben. Alles schon erlebt. Es fällt nicht auf, wenn jemand von unserer Generation ertrinkt. Aber das wird ein Nachspiel haben, Sie können Gift darauf nehmen.«

Matthias drehte sich brüskiert um und folgte dem Offizier. Er würde jemandem vom Service holen.

Ein Beamter von der Seepolizei erwartete ihn im Schiller-Stübchen, dessen Wandverkleidung aus Zitronenholz mit Intarsien aus Perlmutt und Ebenholz einen besonderen Charme hatte.

»Glanzmann mein Name. Sie hatten einen Notfall gemeldet.« Er blieb stehen, während Matthias sich auf einen Stuhl fallen ließ. Er hätte ebenso stehen bleiben sollen, schaffte es aber nicht. Ertrinken, ging ihm durch den Kopf, ist eine der schlimmsten Todesursachen. Alles in ihm sträubte sich dagegen, seiner Vorstellungskraft freien Lauf zu lassen.

Es war ein langer Arbeitstag gewesen und Matthias hatte sich darauf gefreut, das DS Schiller in den sicheren Luzerner Hafen zu fahren. Davon musste er wohl absehen. Mann über Bord. Das war ein Albtraum, zumal er die Verantwortung trug.

»Der Notruf ging um 17.33 Uhr ein«, sagte Glanzmann.

»Jetzt ist es 17.47. Wie lange dauerte es, bis Sie den Unfall entdeckten?«

»Ich stoppte das Schiff um 17.32, direkt nachdem mich die Nachricht erreicht hatte.«

»Sie selbst haben nichts gesehen?«

»Nein.«

»Wo befanden Sie sich zu der Zeit?« Glanzmann nahm das Schiller-Stübchen ins Visier, als suchte er nach Anzeichen dafür, dass Matthias hier eine Pause eingelegt und von dem Sturz nichts mitbekommen haben könnte.

»Auf der Brücke, wie immer, wenn ich im Dienst bin.«

»Aber zwischendurch müssen Sie auch mal für kleine Kapitäne, nicht wahr?«

Wollte er ihm etwas unterstellen?

»Ich befand mich auf meinem Posten.« Matthias blieb ruhig. Offenbar musste der Polizist diese penetranten Fragen stellen. Matthias hatte nie zuvor in seinem Leben näher mit den Ordnungshütern zu tun gehabt und war jetzt etwas überrascht. »Nach der Meldung stoppten die Maschinen.«

Nein, an Mord auf seinem Schiff wollte er nicht denken. Darauf hinaus lief aber alles.

»Jemand sagte mir, er habe den Mann, der jetzt vermisst wird, kurz vor dem Unglück in seinem Rollstuhl sitzen sehen. Wenn er über die Reling gefallen ist, muss das doch jemand beobachtet haben. Nun gut, ich bin hier fertig. Während man im Wasser nach ihm sucht, werde ich die wenigen Passagiere und die Besatzung befragen. Verstärkung ist unterwegs.« Glanzmann ging so unspektakulär, wie er gekommen war.

Matthias rief ihm hinterher. »Wann kann ich mit meinem Salon-Seitenrad-Dampfschiff in Luzern anlegen?«

Glanzmann blieb auf halbem Weg zum Unterdeck stehen. Er drehte sich um. »Was haben Sie gesagt?«

Matthias mochte es, die Leute mit Fachbegriffen zu verwirren. Er schwieg.

»Sie können sich nicht an den Fahrplan halten, das ist Ihnen schon klar.« Glanzmann ging weiter.

Matthias holte ihn ein. Gemeinsam stiegen sie über die Treppe zum Unterdeck, wo der denkmalgeschützte Jugendstilsalon mit den gedeckten weißen Tischen und den gepolsterten Lehnstühlen lag. Hier waren schon Hochzeiten gefeiert worden, wobei man in Zeiten abtauchte, in denen das Savoir-vivre eine ganze Generation geprägt hatte.

Das Schiff schaukelte unrhythmisch. Matthias betrachtete dessen Kernstück. Der Geruch nach Maschinenöl stieg ihm in die Nase und er sah hinunter in den Rumpf, zu den auf Hochglanz polierten Maschinen, auf die Kurbelwelle und die Zylinder, welche die roten Schaufeln an den Schiffseiten antrieben. Während der Fahrt konnte man die Schaufelräder durch eine Plexiglasscheibe bestaunen. Das DS Schiller hatte einiges zu bieten, worauf Matthias stolz war. Zu Ehren des Namenspatrons Friedrich Schiller flatterte am Bug des Dampfschiffs eine Flagge mit dem Wappen von Weimar. Und beim Durchgang zum Schiller-Stübchen prangte eine weiße Büste des deutschen Dichters und Philosophen.

Fassungsvermögen des Dampfkessels: 15 000 Liter Wasser, ging Matthias durch den Kopf, Fassungsvermögen des Öltanks: 12 000 Liter leichtes Heizöl. Früher hatte man Kohle geschaufelt.

Er mochte sein Schiff. Würde sich mit dem Unglück ein Schatten darüberlegen? Morgen würde es in allen Zeitungen stehen und sein Name zuoberst. Er haftete für seine Passagiere und seine Besatzung. Vielleicht hatte sich der Mann das Leben nehmen wollen. Doch der verlassene Rollstuhl, den Matthias neben den Tauen entdeckte, widersprach seinem Verdacht. »Mord auf dem Dampfschiff Schiller«. Auf diese Schlagzeilen konnte er verzichten. Er schritt die Reling entlang. Der See war unruhig. Die Wellen überschlugen sich, wenn die Böen ins Wasser fuhren. Die Schweizerfahne am Heck flatterte so heftig, als würde sie gleich vom Mast gerissen. Stramm stand sie im Sturm. Einen Moment glaubte Matthias, das Schiff gerate in Schieflage. Im Wasser schwammen Taucher und suchten die nähere Umgebung des Schiffs ab. Zu allem Übel begann es zu regnen.

Matthias sah auf die Uhr. Seit dem Verschwinden des Mannes waren zwanzig Minuten vergangen. Man würde den Mann nicht mehr retten können. Was für ein fürchterlicher Tod, ging Matthias durch den Kopf, und er versuchte, seine Vorstellungskraft unter Kontrolle zu halten. Am Himmel tauchte wie aus dem Nichts ein Hubschrauber auf, von Luzern herkommend ein weiteres Boot der Wasserschutzpolizei.

Frau Villiger hatte er nicht mehr gesehen. Die Frau tat ihm leid. Er entdeckte Glanzmann und ging auf ihn zu. »Ich nehme an, der Krankenwagen wurde organisiert.«

»Der wartet bereits beim Europaplatz«, erwiderte der Polizist. »Aber soweit ich es beurteilen kann, haben Sie den Passagier verloren.«

Wie wollte er es Frau Villiger mitteilen? Er konnte sein Versprechen nicht halten.

In diesem Moment ging die Tür zu den Bordtoiletten auf und ein alter Mann an Gehstöcken kam humpelnd aus der Kabine.

Matthias wurde von einem seltsamen Gefühl erfasst.

Der Mann sah sich neugierig um. »Warum steht das Schiff? Sind wir schon in Luzern angekommen?« Ein heiserer Husten schüttelte ihn. »Wenn ich das gewusst hätte, hätte ich mich beeilt. Aber in meinem Alter, ich bin über neunzig, geht das nicht mehr so schnell.« Er zog sein linkes Bein nach. »Na, jetzt gucken Sie nicht so, junger Mann. Ich suche meinen Rollstuhl.«

»Heißen Sie zufällig Villiger zum Nachnamen?«, fragte Glanzmann.

»Wer will das wissen?« Der Mann sah abschätzig auf den Polizeibeamten. »Woher kommt denn der? Habe ich vorher nicht gesehen. Mit Uniform. Was ist das für ein Zeichen?« Er wies auf seine Brust. »Ach, egal. Ich muss mich setzen.« Er äugte hinaus, bemerkte offensichtlich die Männer im Wasser und hob seine zittrige Hand. »Was ist denn hier los?«

Matthias stellte sich mit Namen vor. »Wer sind *Sie*?«

»Sepp Villiger, das haben Sie doch soeben selbst gesagt.«

»Würden Sie mir bitte folgen?«, forderte ihn Glanzmann auf. »Und Sie, Herr Stadelmann, brauche ich nicht mehr. Das ist ein Fall für die Polizei.«

Anstelle des blauen Himmels hingen dunkle Wolken über Luzern. Wind und Regen peitschten auf Matthias' Gesicht, als er endlich sein Schiff verließ. Das Intermezzo auf dem DS Schiller hatte sich zum Glück zum Guten gewendet. Der Vermisste war nicht über Bord gegangen, sondern hatte sich in den Toiletten verschanzt, weil ihm das Gemeckere seiner Frau gehörig auf den Keks gegangen war. Und wie sich herausgestellt hatte, war er nicht unbedingt auf den Rollstuhl angewiesen. Aufregung für nichts, aber eine gute Übung, um die Schiffsmannschaft zu testen. Alles war reibungslos abgelaufen. Wer für die Einsatzkosten aufkommen würde, stand zurzeit in den Sternen.

Matthias schob die Kapuze seines Parkas tief ins Gesicht und hastete über die Seebrücke, weg vom Schiffsteg, weg vom Europaplatz, wo der Wagenbachbrunnen ein kleines Rinnsal Wasser plätschern ließ. Ein Zeichen, der Herbst hatte seine untrüglichen Vorboten geschickt. Bunte Regenschirme waren die einzigen Farbtupfer an diesem verregneten Abend. Die noblen Hotels entlang des linksseitigen Quais sahen genauso trist aus wie die Kapellbrücke mit dem Wasserturm. Es war Zeit, nach Hause zu fahren.

Matthias wohnte am Sonnenberg und besaß dort ein Haus aus den Fünfzigerjahren, welches er von seinen verstorbenen Eltern geerbt hatte. Mit den Jahren hatte er viel renoviert und daraus ein heimeliges Zuhause für seine Familie gemacht. Heute war er fünfundvierzig und hatte in seinem Leben schon mancherlei geschafft.

Donnerstagabend. Matthias nahm sich vor, sich früh schlafen zu legen und den Tag Revue passieren zu lassen. Vom morgigen Freitag bis Sonntagabend würde er zum letzten Mal in diesem Jahr das DS Schiller fahren, bevor es in die Werft kam, wo es über die Wintermonate blieb.

Ab Oktober war dann Schulung für angehende Kapitäne und Besatzungsmitglieder angesagt. Darauf freute sich Matthias, brachte es doch Abwechslung in sein Leben.

Er parkte seinen Wagen neben der Garage, stieg aus und sah hinauf in den Wipfel der Fichte, die er seit einiger Zeit zu fällen ins Auge gefasst hatte, wäre da nicht der Nachbar gewesen, der für ihre Rettung Flugblätter verteilte. Matthias wollte keinen Streit vom Zaun brechen und nahm den Schatten im Sommer gern in Kauf. Das kleinere Übel.

Donnerstagabend und er hatte sturmfrei.

Die Ereignisse hatten ihn ermüdet. Nachdem er ein mit Ei und Schinken belegtes Brot gegessen hatte, stellte er sich unter die Dusche und putzte die Zähne. Später legte er sich ins Bett und las die Zeitung. Wie immer wurden die schrecklichen Meldungen des Vortages mit neuen grauenhaften News überboten. Es war, als hätten die Journalisten einen Pakt mit dem Teufel geschlossen, ausnahmslos schlimme Informationen unter die Menschen zu bringen.

Zwei

In der Nacht erwachte er.

Er wusste nicht, weshalb. Irgendetwas hatte ihn erschreckt. Er setzte sich auf und versuchte sich in Erinnerung zu rufen, was ihn genau aus dem Schlaf gerissen hatte. Der Zwischenfall auf dem Schiff war es nicht. Um ihn herum herrschte eine trügerische Stille.

Ungreifbar. Unbegreifbar.

Er konzentrierte sich, lauschte, ob er nicht doch etwas vernehmen würde. Ein Auto, das vorbeifuhr, das Brummen eines Linienjets in weiter Ferne, das Flattern eines Vogels im Geäst.

Es hätte alles normal gemacht.

Aber die Nacht blieb stumm. Totenstill. Seine eigenen Atemzüge setzten einen Augenblick aus. Und als er die Luft wieder tief einsog, wie ein Verdurstender, der nach Wasser lechzt, erschrak er über diesen Laut.

Etwas war anders.

Später meinte er zu wissen, was ihn derart aus der Fassung gebracht hatte.

Olivia schlief nicht an seiner Seite.

Dort, wo sich sonst ihr Körper auf dem Laken abzeichnete, wo die dunklen Locken über das Kissen fluteten und die Decke, knapp über ihren Leib gezogen, sich durch das regelmäßige Ein- und Ausatmen hoch und niedersenkte, war alles unberührt in geradezu beängstigender Sterilität.

Drei Uhr.

Eine Kirchenglocke schlug viermal tief und nachfolgend dreimal hoch die volle Stunde. Manchmal nervte ihn dieser Ton. Nun vermittelte er etwas Tröstliches.

Von Olivia keine Spur.

Es war nicht ihre Art, so lange von zu Hause fernzubleiben, ohne ihm Bescheid zu sagen. Als sie ihn am Abend angerufen hatte, war es einundzwanzig Uhr gewesen. Nie kam sie später als um eins zurück. Sie war immer pünktlich. Er hätte nach ihr die Uhr richten können.

Matthias stellte die Füße auf den Boden, zuckte zusammen. Niemals hatte er den Plattenboden als so kalt empfunden. Einen Augenblick dachte er daran, einen Teppich zu besorgen, um zumindest im Winter eine wärmende Unterlage zu haben. Wann war er eigentlich das letzte Mal mitten in der Nacht aufgestanden? Er tastete nach seinen Hausschuhen.

Jetzt war er hellwach. Er überlegte, wie der Abend zuvor verlaufen war. Ja, Olivia hatte ihn angerufen. Da war er noch bei der Arbeit gewesen und hatte seine Leute auf dem Schiff verabschiedet. Er hatte es unterlassen, Olivia über das Erlebte zu berichten. Er würde genügend Zeit dazu finden, wenn er ihr in die Augen sah.

Ihre Stimme hatte anders geklungen. Anders als sonst. Aber er hätte nicht sagen können, weshalb ihm das aufgefallen war. Vielleicht lag es an seiner Sensibilität. Oder an seinem Wahn, sich nach ihr zu verzehren. Jeden Tag von Neuem.

Matthias hatte den Telefonhörer auf die Festnetzstation zurückgelegt. Manchmal war er erfüllt von schweren Gedanken, wenn sie nicht bei ihm war. Noch immer hatte er Olivias Stimme in den Ohren. Das zarte Timbre schwang in den Worten, die sie zu ihm gesagt hatte, und ließ ihn jetzt einen Augenblick erzittern, weil es schon verklungen war. Ihre Stimme, die auch, wenn sie lachte, einen melancholischen Unterton in sich trug.

Er liebte seine Frau.

Seine Olivia. Seine schöne, intelligente, fünfundvierzigjährige Frau, die sich in der Blüte ihres Lebens befand. Auf dem Höhepunkt geistiger und körperlicher Schönheit.

Der Gedanke an sie barg sogleich Gedanken an sich selbst. Als hätte er fast zwangsläufig eine Brücke spannen müssen. Zwischen ihr und ihm.

Eine Brücke, die zwei gleiche Ebenen verband. Zwei Leben, dazwischen die Liebe als ihre Verbindung.

Trotzdem fühlte er sich Olivia gegenüber immer ein wenig stärker. Er war ihr Fels in der Brandung. Ihre Wiese, auf der sie gedieh, ein Baum, der sie trug.

Sie hatte anders geklungen und ihre Stimme hatte vibriert, mehr als üblich. Verräterisch etwa? Aber was hätte sie verraten sollen?

Oder verschweigen?

Sie werde um eins nach Hause kommen, hatte sie gesagt. Sie sei bei ihrer Freundin Hannelore und es könne länger dauern, von wegen Reden und so. Er wisse es ja. Natürlich wusste er es. Sie kam immer um ein Uhr nach Hause.

Jeden Donnerstag.

Und jeden Donnerstag verbrachte sie bei Hannelore.

Hannelore, die sich schon wieder dazwischenschob. Die Frau, um die sich alles drehte.

Manchmal kam es ihm so vor, als hätte er auch Hannelore geheiratet.

Damals vor zwanzig Jahren.

Sie stellte Ansprüche gegenüber Olivia, die sie so nicht hätte stellen dürfen. Für Matthias' Geschmack ging diese Freundschaft über die Grenzen des Normalen hinweg.

Die andere Brücke. Über die er nie ging. Und die er,

hätte er die Befugnis dazu gehabt, zerstört hätte. Das Unartikulierte, nur Gedachte, das sich manchmal wie ein bösartiges Tier in seinem Innern bemerkbar machte. Der Schmerz, der seine Leidenschaft heraufbeschwor.

Er kannte Hannelore. Aber er distanzierte sich von ihr.

Olivias langjährige Freundin, mit der sie nicht nur durch das Feuer, sondern auch bis ans Ende der Welt gegangen wäre. Zwei Seelenverwandte, die in ihrer Art nicht unterschiedlicher hätten sein können.

Innen. Und vor allem außen.

Hannelore hatte rotes Haar und helle Haut, die eine feine Spur jener Sommersprossen erkennen ließ, gegen die sie sich in jungen Jahren gewehrt haben musste. Sie mied, das wusste er von Olivia, die Sonne in dem Maße, dass es ungesund war. Hannelore war wie ein Schatten seiner Frau, ein Nachtschattengewächs. Stets da und doch nicht klar erkennbar. Die Geheimnisvolle, immer Präsente, die mehr über Olivia wusste, als ihm lieb war.

Frauenfreundschaften, davon war er überzeugt, würde er nie begreifen können. Zu abstrakt waren ihre Beweggründe. Viel zu undurchsichtig.

Und für einen Mann gefährlich.

Matthias erhob sich, ging in die Küche, wo er die Kühlschranktür öffnete. Ein Routinegriff. Ein Griff ins Volle. Manchmal ins Leere. Olivia vergaß oft einzukaufen. Er vermochte nicht zu erklären, weshalb. Fragte auch nie danach. Es gab Wichtigeres als leere Kühlschränke.

Doch jetzt hatte sie die Lebensmittel, die gekühlt werden mussten, sorgsam in die Regale geräumt. Sauber und pedantisch genau, als hätte sie den Abstand zwischen den einzelnen Dingen abgemessen. Frischkäse, Fruchtjoghurts, Fruchtsäfte, Gemüsedosen, Schlagsahne. Eine

Schachtel Eier. Matthias fand dennoch nichts, wonach es ihn gelüstete. Nicht einmal Biskuits, die er manchmal im untersten Fach heimlich kalt lagerte. Vielleicht hatte sie Marie, seine Tochter, schon stibitzt. Besser so. Er musste auf seine Linie achten. Zu wenig Bewegung, hatte ihm Olivia gesagt. »In deinem Alter sollte man regelmäßig etwas dafür tun.«

Eigentlich hatte er schon das Sandwich und vorher auf dem Schiff gegessen. Allein im Jugendstilsalon, abseits der gesprächigen Meute, die ihre Gedanken zum verflossenen Tag lautstark jedem kundtat, der zuhörte.

In jungen Jahren hatte er sich mehr schlecht als recht durchschlagen müssen: ein abgebrochenes Studium und Gelegenheitsjobs. Dies lag weniger an seinem Willen als an den Umständen, dass er und Olivia während seines Studiums Eltern geworden waren.

Damals hatte er seine Pläne umkrempeln und jede Arbeit annehmen müssen, die nur irgendetwas an Finanziellem abwarf. Es war ein bewegtes Leben gewesen.

Aber es war letztendlich alles anders gekommen.

Den Sommer verbrachte er auf seinem Schiff, den Winter überbrückte er als Dozent für angehende Schiffskapitäne und Besatzungsmitglieder.

Die Kurse waren immer gut besucht, weil Matthias rhetorisch unschlagbar war. Bei seinen Vorträgen erzeugte er eine derartige Spannung, dass sogar Laien den Hörsaal oder eigens dafür gemietete Räume füllten. Die Topfkollekte am Eingang war mit den Jahren zu einer großzügigen Selbstverständlichkeit geworden und ein willkommener Zuschuss für die Renovationsarbeiten an den historischen Schiffen.

Matthias ließ sich jetzt ein Bad einlaufen und prüfte die Temperatur mit dem Ellenbogen. Wie Olivia. Der Gedanke an sie entlockte ihm ein Lächeln. Olivia. Er verzehrte sich nach ihr. Selbst wenn sie bei ihm war, verspürte er eine tiefe Sehnsucht.

Er war älter geworden.

Der Spiegel im Badezimmer warf ihm die Jahre schonungslos an den Kopf. Jeden Morgen glaubte Matthias eine Furche mehr zu entdecken. Zwischen den Wangen und dem Kinn. Selbst die Denkerfalte über der Nase stach schärfer als sonst hervor. Diese sei entstanden, weil er seine Augen zu sehr anstrenge, hatte Olivia gesagt. Sie versuchte oft vergeblich, ihn zu einer Brille zu überreden. Aber das würde ihn gleich älter aussehen lassen.

Matthias war nicht schön.

Schön war eine Rose im Garten. Ein Sonnenuntergang über dem Meer. Eine Schiffsreise im hohen Norden. Ferien mit den Kindern.

Selbst dies hätte man relativieren können.

Aber eines war unstrittig: Schön war Olivia.

Trotzdem mochte er sich, was er sich täglich bekräftigte, und glaubte, das Alter habe für Männer seines Jahrgangs durchwegs etwas Reizvolles. Mit jeder neuen Hautvertiefung gewann er an Profil.

Und er besaß Olivia.

Mit ihr hatte Matthias zwei erwachsene Söhne und eine kleine Tochter. Und die Überzeugung, ein glücklicher Mensch zu sein.

Die Wassertemperatur behagte ihm.

Warm wie das Wasser in der karibischen See. Vor einem Jahr. Ferien mit Olivia. Wo sie sich wie ein Teenager gebärdet hatte. Nicht einmal im Alter von neunzehn Jahren hatte sie sich so aufgeführt. So, als müsste sie etwas Verlorengegangenes wieder zum Leben erwecken oder es zurückholen.

Er sah sie tanzen, einer Libelle gleich im Sonnenglast.

Olivia war schöner geworden mit den Jahren. Die Reife stand ihr gut und machte sie auf eine besondere Weise weiblicher.

Matthias brillierte neben ihr. Sie waren ein beneidenswertes Paar, wie er mit großer Genugtuung aus seinem Bekanntenkreis erfuhr. Eine Selbstverständlichkeit war daraus in der Zwischenzeit geworden. Ein Zustand, über den man keine Gedanken, geschweige denn Worte verlieren musste.

Der Sommer war seit ein paar Tagen endgültig vorbei, was Matthias ebenso gelassen hinnahm. Solange er unter der Woche in Luzern und auf dem See arbeitete und sich nur an Montagen ein paar Mußestunden gönnte, spielte es für ihn keine Rolle, ob er diese auf dem Liegestuhl im Garten oder drinnen vor dem Kamin verbrachte.

Er hatte sich vorgenommen, ausnahmsweise früh zu Bett zu gehen.

Nichts hatte ihn davon abgehalten. Auch der Umstand nicht, dass seine kleine Tochter bei seiner Schwiegermutter zu Besuch war. Einmal pro Woche, wie üblich am Donnerstag, immer an Olivias freiem Abend. Er hätte ausgehen, sich einen Kinofilm ansehen oder in der nahen Bar etwas trinken gehen können. Bei Susanne, die sich mit Freude an einsame Ehemänner heranmachte. Eine Frau zum Fürchten. Allein der Gedanke an sie verursachte ihm einen kalten Schauer.

Er war müde. Auch ohne das zermürbende Kindergeschrei und die oft ausweglosen Diskussionen mit seinen Nachkommen, was früher der Fall gewesen war. Bevor seine beiden Söhne Rolf und Marc nach Übersee gereist waren, hatten sie das volle Familienleben gelebt.

Matthias ließ die vergangene Woche vor seinem inneren Auge durchlaufen, wie einen Film, den er zurückspulte.

Er hatte eine Gruppe neuer Besatzungsmitglieder in den zukünftigen Lehrstoff eingeführt und dabei das Gefühl gehabt, als töteten sie ihm den letzten Nerv. Die Anfänger waren die Schlimmsten. Seine Zweifel an ihrem Interesse für das Jahresprogramm waren durchwegs angebracht. Manchmal dachte er, die angehenden Absolventen säßen nur da, weil ihre Ernährer imstande waren, die Ausbildung zu finanzieren. Dann fühlte er sich einer Horde Halbwüchsiger ausgeliefert, die jegliche Manieren und guten Geschmack vermissen ließen. Das waren dann die Momente, die Matthias ausblendete, als hätte es niemanden gegeben, der in den Bänken lag und Kaugummi kaute oder in der Nase bohrte.

Matthias wäre für eine Selektion der Anwärter gewesen. Er hätte gern die Spreu vom Weizen getrennt. Qualität vor Quantität. Seit die Arbeit auf seinem Schiff attraktiver geworden war als vor ein paar Jahren, sah er sich neuen Herausforderungen gegenüber. Nur in den älteren Semestern war die Bereitschaft fürs Lernen ungebrochen. Für sie lohnte es sich zu arbeiten. Für sie und seine Kinder.

Und für Olivia.

Das Bad war eine willkommene Entspannung. Eintauchen ins Urelement, ein paar Augenblicke wie im Mutterleib schaukeln und den Ballast vom Körper spülen. Ein kurzer Schlummer im warmen Nass. Ein Embryo in der Höhle des Ursprungs.

Ein Plätschern in den Ohren. Sich Wellen im Ozean vorstellen. Palmen, die Schatten spendeten.

Hannelore war ein Schatten seiner Frau.

Olivia hatte anders geklungen.

Nach dem ausgiebigen Pflegeritual verschanzte sich

Matthias mit einer Lektüre erneut unter die Decke, schaffte aber nicht einmal, ein ganzes Kapitel zu lesen. Er legte das Buch auf den Nachttisch. Das Bad hatte ihn zusätzlich schläfrig gemacht. Nur mit Mühe raffte er sich dazu auf, die Lampe auszuknipsen. Er streckte sich und gab sich einer anderen Dimension hin.

Olivia lag nicht neben ihm.

Er würde Hannelore anrufen. Er war immer schon dafür gewesen, Unsicherheiten möglichst schnell aus dem Weg zu räumen und für klare Verhältnisse zu sorgen.

Hatte vielleicht die Türglocke angeschlagen? Vorhin? Irgendwann zwischen dem Schlafen und dem Aufwachen? Dem Baden und dem sich Abtrocknen? Oder hatte er sich getäuscht?

Manchmal hörte er Kirchenglocken läuten. Tiefe und schwere Töne. Nachts, wenn es still war. Kein Pfeifen. Und trotzdem war es Tinnitus, wie ihm sein Arzt erklärt hatte. Matthias glaubte dennoch nicht an einen Gehörschaden.

Irgendjemand klopfte jetzt an die Tür.

Die weißen unberührten Laken von Olivias Bett wirkten plötzlich bedrohlich. Matthias zögerte einen Moment, bevor er in den Flur trat. Olivia hatte vielleicht Alkohol getrunken und deswegen die Nacht bei ihrer Freundin verbracht. Sofort verwarf er den Gedanken. Olivia trank selten. Aber weshalb hatte sie sich nicht gemeldet? Dies sah ihr nicht ähnlich. Im Zeitalter des Mobiltelefons hätte sie ihm zumindest eine Nachricht hinterlassen können.

Das Klopfen an der Tür verstärkte sich.

Sie muss den Schlüssel vergessen haben, durchfuhr es Matthias. Er hatte abgeschlossen und Olivia konnte nicht herein. Vielleicht wartete sie seit Stunden vor der Tür. Und er hatte nichts gehört. Ob er doch einen Gehörschaden hatte und das gelegentliche Brausen in seinen Ohren gar nicht so harmlos war? Er würde das gleich am nächsten Tag abklären lassen.

Die Tür bog sich unwesentlich nach innen, als Matthias sich davor platzierte und jemand erneut daran klopfte.

Absolut sicher, hatte ihm der Verkäufer gesagt, der ihm vor Jahren für viel Geld diese Sicherheitstür andrehte. Jetzt zweifelte Matthias an dessen Glaubwürdigkeit. Von der Stärke des Schlages ausgehend musste es eine Männerfaust sein, die gegen die Kunstharzfasertür drosch. Olivia hätte sich die Hand wund geschlagen.

Olivia hätte aber bestimmt nur die Glocke benutzt.

Als Matthias öffnete und sich gegenüber zwei uniformierten Polizisten wiederfand, schossen die Bilder des gestrigen Nachmittags durch sein Gehirn. Und eine schreckliche Ahnung nahm von ihm Besitz.

»Ist sie tot?« Seine Stimme kam ihm belegt vor. Und seltsam fremd.

»Herr Stadelmann?« Der jüngere der beiden Männer hatte ein blasses Gesicht und Bartstoppeln.

Er wusste es. Wie er seinen Namen gesagt hatte. Die Tatsache, dass sie ihn kannten.

Matthias öffnete die Tür bis zum Anschlag und ließ die Männer schweigend an sich vorübergehen.

Sie ist tot, ging ihm durch den Kopf.

Er konnte es fühlen, sogar riechen. So rochen traurige Nachrichten. Wie der Geruch, der von den jungen Polizisten ausging. Einen Moment nur, in dem er dies wahrnahm.

Angstschweiß.

Aus dem Körper jener jungen Männer, die wenig Erfahrung damit hatten, solche Hiobsbotschaften zu überbringen. Polizisten, die der Wahrheit weniger ins Gesicht zu sehen vermochten als diejenige, die sie letztendlich betraf. Matthias spürte die Furcht der beiden, die Barriere zwischen ihnen und ihm, das Unausgesprochene, das, wenn es ausgesprochen war, sein Leben für immer auf brutalste Weise verändern würde.

Ein beendeter Akt, weil der Vorhang fällt. Die Statisten verbeugen sich stumm hinter der Protagonistin des Dramas, welche leblos auf der Bühne liegt, zusammengesunken im theatralischen Tod.

Matthias fröstelte ob der Absurdität seiner Gedanken.

Doch sein Leben war in diesen Minuten ein anderes geworden, was auch immer im Nachhinein auf ihn zukommen würde. Die Gegenwart stürzte das Gewesene ins Bedeutungslose. Die beiden Männer, die als fremde Eindringlinge nicht nur in sein Haus, sondern auch in seine Intimsphäre vorstießen, verharmlosten die Sache nicht. Aber sie gaben ihr jetzt den Boden zurück, auf dem Matthias sein Gleichgewicht wiederfand. Nach einer sekundenschnellen Irrfahrt. Der Augenblick zwischen dem Türöffnen und der Frage, die er sich selbst gestellt hatte.

»Mein Name ist Willy Emmenegger und der meines Begleiters Stefan Weingartner.«

Zwei Namen, die sich Matthias nicht merken würde. Der Mann, der näher zu ihm stand, hüstelte verlegen und vermied es, ihn dabei anzusehen.

Sich räuspern, husten, wegschauen, nervöse Handbewegungen. Eine Chronologie der Unsicherheit. Ein immer wiederkehrendes Verhaltensmuster. Matthias blickte die beiden eine Weile nur an. Stumm.

Olivias Stimme hatte gezittert. Jetzt wusste er es.

»Setzen Sie sich«, sagte er später. Sein Nacken fühlte sich steif an. »Ich nehme an, das Gespräch wird länger dauern.«

Matthias beobachtete, wie Weingartner einen Notizblock aus seiner Uniformtasche holte. Der nächste Schritt. Umständlich blätterte er darin und suchte nach Einträgen. Er war nervös und bemühte sich nicht, es zu verbergen. Als er das Gesuchte gefunden hatte, sah er sich Hilfe suchend nach Emmenegger um. Dieser räusperte sich von Neuem. Offenbar befanden sich die beiden Polizisten noch nicht so lange im Außendienst.

»Kennen Sie diese Zulassungsnummer?« Weingartner hielt ihm den Block hin, auf dem in großen Zahlen eine Nummer notiert war.

Matthias sog tief Luft ein und atmete sie heftig aus. Er kannte sie, bevor er die ganze Zahlenfolge zu Ende gelesen hatte. »Die gehört meiner Frau Olivia.«

»Ist Ihre Frau heute Abend mit ihrem Wagen unterwegs gewesen?« Weingartner blätterte weiter, als suchte er nach anderen Einträgen.

Matthias wollte die Frage nicht verstehen, um das Unfassbare eine Weile hinauszuzögern. Was war geschehen? »Suchen Sie meine Frau?«

Natürlich suchten sie seine Frau. Sie wären sonst nicht hier. Die Männer mit den Uniformen, denen er schon der Kleidung wegen angemessenen Respekt entgegenbringen musste. Man begegnete nicht jeden Tag einem Polizisten. Innerhalb von zwölf Stunden geschah es bereits zum zweiten Mal. Oder wen hätten sie denn suchen können? Matthias' Gedanken überschlugen sich. Ließen der Wahrheit jedoch keinen Platz.

War Olivia in eine Kontrolle geraten? Hatte sie jemanden angefahren und danach Fahrerflucht begangen? Und weshalb war sie nicht bei ihm zu Hause aufgetaucht?

»Wir müssen nur sicher sein, dass Ihre Frau den Wagen mit diesem Nummernschild gefahren hat.« Emmenegger blickte Matthias zum ersten Mal eindringlich an. Er hatte graue, wässrige Augen, als weinte er.

Anfänger, dachte Matthias. Er bemühte sich, keine Bemerkung in diese Richtung zu machen. Die Polizisten kamen bloß ihrer Aufgabe nach.

Die Aufgabe, die darin bestand, seiner sich anbahnenden Unsicherheit noch mehr Nahrung zu geben, statt sie zu beseitigen.

»Sie fährt einen dunkelgrünen Opel.« Ohne die weiteren Fragen abzuwarten, fügte Matthias die Uhrzeit hinzu, als sich Olivia auf den Weg zu Hannelore gemacht hatte.

»Können Sie uns den Namen dieser Freundin bekannt geben?«

Wovon lenkten sie ab? Matthias war auf dem sicheren Weg, seine Geduld zu verlieren. Seine Nerven hielten der Belastung nicht mehr stand. Eine neue Erfahrung. »Jetzt sagen Sie mir, weshalb Sie hier sind.«

Die beiden Polizisten wechselten Blicke. »In der Nähe der Autobahnausfahrt in Küssnacht hat es einen Unfall gegeben.«

Es berührte ihn kaum. »Das muss ein Missverständnis sein. Meine Frau war nicht in Küssnacht.«

»Aber die Nummer stimmt doch, oder?« Wieder wurden ihm die Ziffern gezeigt.

Matthias musste schlucken. »Ist meine Frau tot?« Die Worte kamen mit einer Ruhe aus seinem Mund, dass es ihn selbst erstaunte. Eine konkrete Frage, auf die er eine ebenso faktische Antwort erwartete. Eine Frage, die ihn vielleicht gar nicht betraf.

»Das wissen wir nicht«, antwortete Emmenegger. »Der Wagen ist vollständig ausgebrannt. Die beiden Leichen bis zur Unkenntlichkeit verkohlt …«

Matthias hörte nur, was er hören wollte: *die beiden*. Es

war, als gäbe es da eine kleine Zuversicht. Trotz allem. Einen Funken, an dem er verzweifelt festhielt, in der Meinung, dieser müsste auf etwas übergreifen und sich entzünden. Ein Feuer, entstehend aus dem winzigen Funken, den er Hoffnung nannte.

Olivia war allein unterwegs gewesen.

»Das muss eine Verwechslung sein«, sagte er, obwohl die Nachricht für alles andere sprach. Die Autonummer widerlegte jeglichen falschen Verdacht.

Matthias versuchte, das Unabänderliche zu verdrängen, ein nächster Schritt, obwohl er ahnte, Olivia würde nicht mehr zurückkommen. Die Verbindung zu ihr, immer spürbar, auch wenn sie nicht in seiner Nähe war, war abgebrochen und hatte einem sonderbaren Vakuum Platz gemacht. Genau diese Leere hatte er schon im Bett gespürt, als hätte seine andere Hälfte nicht mehr existiert. Er schalt sich selbst für diese Gedanken, passten sie doch so gar nicht zu seiner Natur.

»Kann ich Ihnen helfen?«, fragte er. Es war Ausdruck seines Gefühls, die Situation nicht wahrhaben zu wollen.

Die beiden Polizisten drehten ihre Köpfe, schauten sich an. Offenbar zweifelten sie an seinem Verstand.

»Wir müssen die Auswertungen der Gerichtsmedizin abwarten, bevor wir weitere Schlüsse ziehen können.« Emmenegger hustete in seine Faust. »Falls Ihre Frau doch noch auftauchen sollte, lassen Sie es uns wissen.«

Schonten sie ihn?

Ein schwacher Trost. Matthias verstand nicht, weshalb diese Männer zu ihm gekommen waren, wenn die Verdachtsmomente offensichtlich nicht ausgesprochen werden wollten.

»Ich lasse Ihnen die Visitenkarte da«, sagte der jüngere der Polizisten.

Matthias sah ihm an, wie erleichtert er war, aus seinem Blickfeld entschwinden zu können. Er legte ein weißes Kärtchen auf das Möbel an der Wand. Matthias schaute lange darauf, ohne den Text zu sehen, geschweige denn ihn zu lesen. Seine Gedanken waren wie ausradiert.

Drei

Vielleicht war Olivia jetzt im Himmel, falls es einen gab. In einer anderen Sphäre, aus der sie ihn nicht mehr erreichen konnte.

Niemals hatte Matthias an ein Weiterleben nach dem Tod geglaubt. Sterben war für ihn der Übertritt in das Nichts. Ein abrupter Schluss, der mit dem Aussetzen des Herzschlages und der Atemzüge einherging. Das Gehirn war für ihn nichts anderes als eine energetische Masse, vergleichbar mit einem Computer, etwas, das gespeist von Eindrücken und Erlebnissen funktionierte.

Aber jetzt schien ihm dieser Gedanke absurd, und er fragte sich, weshalb er überhaupt solche atheistischen Anwandlungen zuließ. Jetzt, wo er sich mit dem greifbar realen Tod auseinandersetzen musste.

Es ist alles nicht wahr und bestimmt eine Verwechslung.

Hatte er nicht gerade Olivias Stimme vernommen? Die Erinnerung an sie musste ihn getäuscht haben. Viellcicht war es eine normale Reaktion. Er verbannte es sofort in die Schublade der seltsamen Wahrnehmungen. In die Kommode in seinem Kopf, welche mit allen möglichen Namen beschriftet war.

Fürchtete er sich vor dem Übernatürlichen?

Das Unerklärliche war in Matthias' Leben durchwegs ein Thema, wenn auch ein verdrängtes, es beanspruchte jedoch keinen speziellen Platz. Er behielt es sich vor, das Unmögliche eines Tages, wenn es die Zeit erlaubte, aus dem Schubfach zu nehmen und sich darüber Gedanken zu machen.

Matthias war sicher, es gab für alles eine Erklärung.

Emmenegger und Weingartner hatten ihn endgültig aufgeweckt. An ein Weiterschlafen war nicht mehr zu denken. Sollte er sich ins Auto setzen und zu Hannelore fahren? Er wusste nicht einmal, wo genau sie wohnte.

Er sah die beiden Frauen vor sich. Hannelore und Olivia. So gegenteilig wie schwarz und weiß, unten und oben, hell und dunkel.

Immer wieder diese Brücke, die so gar nicht ins Schema passte.

Teufel und Engel.

Dass sich Gegensätze anziehen, traf zumindest bei diesen Frauen zu. Matthias hatte sich für Olivia entschieden, weil sie die Frau verkörperte, die schon damals sein Ideal gewesen war, und nicht irgendein burschikoses Mädchen im Arbeitergewand wie Hannelore, was er aber als deren Wunsch nach Provokation ansah. Sie hatte schon damals ihre Andersartigkeit unter Beweis gestellt.

Olivia hatte stets seinem Frauenbild entsprochen.

Mittelgroß, zierlich und brünett. Sie war makellos schön, was sicher auch an ihrer Ausstrahlung lag, melancholisch mit einer gewissen Schutzbedürftigkeit.

Matthias hatte sie immer wieder von Neuem betrachten müssen. Früher aus reiner Neugierde.

Später hatte sich daraus eine eigentümliche Faszination entwickelt.

Nie zuvor hatte Matthias etwas Perfekteres gesehen als Olivia. Sie war die hübscheste Studentin weit und breit gewesen, als Matthias sie während des Studiums kennenlernte. Niemand hatte verstanden, dass er, der mit solchen Eigenschaften wenig gesegnet war, diese Elfe einfangen und sie zur Mutter seiner Kinder machen durfte.

Insgeheim fand Matthias, dass sie sich hundertprozentig ergänzten. Sogar sein damaliger Schulfreund hatte sich darüber geäußert. Ironisch allerdings. Über die Schöne und das Biest, eine Beschreibung, die bald in aller Munde war. Matthias war sich damals so sicher gewesen, sie würden sich gegenseitig aufwerten. Er brachte unbestritten die Tatkraft in die Beziehung, Olivia die Anmut; alles andere war nebensächlich.

Für Matthias hatte es nie irgendwelche Zweifel gegeben, dass sie nicht füreinander bestimmt seien. Jedes Wesen auf der Erde, behauptete er, besitzt ein Pendant.

Etwas unbeholfen stand er vor der Eingangstür, die er hinter den Polizisten geschlossen hatte. Vielleicht würde Olivia hereinkommen und alles würde sich aufklären. Man hatte ihren Wagen gestohlen, und sie musste zu Fuß nach Hause gehen. Da ihr Mobiltelefon im Handschuhfach lag, hatte sie ihn nicht anrufen können, und eine Telefonkabine gab es auf dem Weg nicht, weil diese sich nicht mehr rentierten.

Olivia kam nicht.

Die Tür blieb zu und bildete eine Wand, die Matthias vor der Außenwelt abschirmte.

Er ging zurück ins Wohnzimmer und setzte sich auf einen der geblümten Polstersessel. Olivia hatte diese unlängst neu überzogen. Er hatte sie ausgelacht, als sie eines Tages mit diesem Stoff nach Hause kam, der ihn an ein Muster auf Omas Unterrock erinnerte. Doch er hatte einen schweren Stand gehabt, weil auch Marie von dem Stoff so angetan war.

Matthias legte die Arme auf die Lehne und stützte mit den Händen seinen schwer gewordenen Kopf.

Zwanzig vor vier. Und nichts war mehr so, wie es einmal gewesen war.

Eine einzige Sekunde kann ein ganzes Leben verändern.

Das Ticken der Wohnzimmeruhr kam mit seinem Herzschlag fast überein. Doch schien die Uhr regelmäßiger zu schlagen als sein Herz, was er geflissentlich ignorierte. Später erhob er sich wieder und eilte zum Telefon in der Garderobe.

Als die Kinder vor Jahren andauernd am Telefon gehangen und die Vorzüge einer drahtlosen Kommunikation auszunutzen gewusst hatten, hatte Olivia wieder ein altertümliches Schnurtelefon installieren lassen und dafür gesorgt, dass das Telefonieren kein bequemes Unterfangen wurde.

Matthias lehnte sich an die Wand, nahm den Hörer zur Hand und ließ sich von der Auskunft Hannelores Nummer geben. Da es im Kanton Schwyz nur eine Person mit Namen Bongartz gab, überlegte er nicht lange und wählte erneut. Es war ihm egal, wie spät oder wie früh es war. Er wollte der Sache auf den Grund gehen.

Vielleicht bestand gleichwohl die Möglichkeit, trotz des Besuchs der Polizisten, Olivia könnte bei Hannelore übernachtet haben. Während das Telefon klingelte, überfielen Matthias allerlei abstruse Gedanken. Er sah den Leib seiner Frau, der die Hälfte des Bettes neben Hannelores Körper ausfüllte. Er meinte sogar die Wärme zu spüren, die aus den beiden Frauenkörpern strömte, Schweißperlen auf Olivias Brüsten, Bauch und Schenkeln, die sich seit Neuestem bildeten, wenn er nahe bei ihr lag.

»Ich komme in die Wechseljahre«, hatte sie ihm einmal lachend mitgeteilt. Eines Nachts, als sie aufgewacht war und sie seine Hand genommen hatte, um damit den Fluss zu stoppen, der über ihren Oberkörper rann.

»Du doch nicht. Du hast noch lange Zeit dafür.«

»Niemand weiß, wie lange man Zeit hat.« Sie hatte seltsam gelächelt. Ob sie ihren Tod vorausgesehen hatte?

Aber nein! Sie kann nicht tot sein.

Matthias wollte auflegen, als eine kratzige Frauenstimme durch den Äther drang. Hannelore!

Ihm war nicht danach, dieser Frau seinen Schmerz zu offenbaren, der mit jeder Sekunde im Begriff war zuzunehmen. »Ist Olivia bei dir?«

Er löste eine Tirade von Schimpfwörtern aus, die er so nie zuvor aus dem Mund einer Frau gehört hatte.

»Was fällt dir eigentlich ein, mich mitten in der Nacht so zu erschrecken? Hast du denn alle beisammen? Und überhaupt, Olivia ist schon eine Ewigkeit nicht mehr bei mir gewesen, darum weiß ich nicht, was dein Anruf soll.«

Matthias bedauerte seine Störung. »Ich weiß nicht, an wen ich mich wenden kann. Olivia ist nicht nach Hause gekommen. Es ist nicht ihre Art, mich nicht zu informieren.«

Auf der anderen Seite blieb es mit Ausnahme eines hektischen Atmens ruhig.

Matthias hielt eine Weile inne. Er ahnte, wie verstört er klang. Welch absurden Eindruck er hinterließ. »Ich kenne sie nicht von dieser Seite, sie hat sich …« Die Worte blieben ihm im Hals stecken. Warum bemühte er sich zu sprechen, wenn das Gegenüber kein Mitgefühl zeigte? Verzweifelt stützte er sich auf dem Tischchen ab. Warum erwiderte Hannelore nichts? Ließ es sie vollkommen kalt? Er vermochte nicht, es nachzuvollziehen.

Endlich räusperte sie sich. »Olivia hat mich seit zwei Monaten nicht mehr besucht. Ich kann dir also keine Auskunft geben.«

»Ich mache mir große Sorgen«, sagte Matthias.

»Die hättest du dir schon früher machen sollen«, erwiderte Hannelore knapp. Sie war nicht bereit, weiter mit ihm zu sprechen. Sie blockte das Gespräch ab, indem sie ihm zu verstehen gab, sie müsse früh wegfahren und für ein paar Tage im Ausland bleiben, wo, das werde sie ihm nicht sagen. »Aber falls du dich mit mir über Olivia unterhalten willst, musst du dich gedulden. Ich gebe dir den guten Rat, auf sie zu warten. Die wird schon wieder auftauchen.«

Das klang nicht sehr überzeugt. Und noch weniger Anteil nehmend. Und schon gar nicht nach einer tiefen Freundschaft.

Sie legte auf, bevor ihr Matthias den Verdacht der Polizei mitteilen konnte. Die Frage drängte sich ihm auf, weshalb er Hannelore nicht gleich über das Geschehen aufgeklärt hatte.

Überging er es noch immer? Bewusst jetzt und aus Furcht vor dem Unabänderlichen?

An Schlaf war in der Folge nicht zu denken.

Sollte er zum Polizeiposten fahren und da auf die Nachricht warten? Oder den Unfallort aufsuchen? Würde er den Anblick von zerborstenem Blech und ausgebrannten Wrackteilen verkraften?

Die Unruhe, die heftig über ihn hereinbrach, nahm ihm die Entscheidung ab. Schnell suchte er ein paar Kleider zusammen und zog sich an. Auf dem Weg vor die Garage, wo sein Wagen stand, haderte er mit sich. Je mehr er auf den Boden der Realität zurückkehrte und sich über den Besuch der Polizisten Gedanken machte, umso erdrückender schien die Tatsache, dass seine Frau tot war. Es gab keine Zufälle, das wusste er aus eigener Erfahrung. Nichts geschah einfach so. Alles war programmiert, kontrolliert, kalkuliert. Das, was dann als Zufall benannt wurde, war nichts anderes als Berechnung und mathematisch lösbar.

Hatte Olivia ihren Tod gewollt?

Matthias versuchte, sich an die letzten Tage zu erinnern.

Alles war wie immer gewesen.

Zwischen dem Dienstag und dem Sonntag musste er immer früh aus dem Haus gehen. Es kam sehr selten vor, dass er Olivia vor neunzehn Uhr, dann nämlich, wenn er wieder heimkehrte, überhaupt sah.

Sie stand eine halbe Stunde nach seinem Weggehen auf und machte für Marie das Frühstück, um sie danach in die Schule zu fahren. Die Kleine besuchte die erste Klasse und war ein scheues Kind, im Gegensatz zu ihren beiden älteren Brüdern, die jeweils in den Sommerferien für ein paar Wochen aus den Staaten nach Hause kamen.

Matthias dachte an seine Söhne, die er unbedingt benachrichtigen sollte, falls sich der Verdacht bewahrheitete. Und wie würde er es Marie beibringen? Und wer würde fortan für seine Tochter sorgen, wenn er zur Arbeit ging? Die Gedanken schossen wie Pfeile durch seinen Kopf, die sein Hirn durchbohrten und ihn am klaren Denken hinderten.

Matthias fuhr vom Sonnenberg Richtung Stadt Luzern. Es herrschte tiefe Nacht. Über den Obergrund beugten sich die Kastanienbäume. Der Abendsturm hatte welke Blätter weggerissen. Sie segelten auf die regennasse Straße und bildeten einen glitschigen Teppich. Nach der Pauluskirche bog Matthias in die Bundesstraße ab und folgte ihr bis zum Bundesplatz und zur Zentralstrasse neben den Gleisen. Die Frühzüge verließen den Bahnhof.

Die Stadt pulsierte, auch nachts.

Bis nach Küssnacht kam er zügig voran. Er hatte sich die Autobahnausfahrt gemerkt. Früher war er oft dort durchgefahren, wenn er nach Schwyz reiste oder auf den Seeplatz von Zug herkommend. Manchmal machte er eine Rast am Seebecken und ließ das Bild auf sich wirken, welches der Vierwaldstättersee und der Pilatus dahinter boten. Eine Postkartenidylle, die er bei schönem Wetter auch auf dem Schiff erlebte.

Hannelore wohnte am Zugersee, wo genau, wusste Matthias nicht mit Bestimmtheit. Er fuhr über die Zugerstrasse in die Nähe des Kreisels, von der zwei Zufahrten zur Autobahn führten, eine Richtung Schwyz, die andere Richtung Zug.

Zwischen vier und fünf Uhr morgens stand die Zeit hier still. Wer sich jetzt auf die Straßen wagte, hatte entweder ein schlechtes Gewissen oder Selbstmordabsichten.

Auch Matthias plagten Gewissensbisse. Er verzieh es sich nicht, dass er vor Olivias Rückkehr eingeschlafen war. Hatte er etwas verpasst?

Schon von Weitem sah er das nervöse Blinken von Blaulicht, ein irisierendes Flackern durch den Hauch von Nebel, der jetzt über der Straße lag. Mit jedem Meter, den Matthias näher heranfuhr, nahmen die schemenhaften Umrisse konkretere Formen an. In den Nebel mischten sich Rauchwolken, bei denen nicht klar zu sehen war, aus welcher Richtung sie kamen, und die gegen den Himmel zogen. Matthias hielt in einiger Entfernung zu dem Rettungswagen und zwei Polizeiautos an. Dunkle Gestalten umringten etwas Undefinierbares. Trotz der aufgestellten Halogenleuchten war nichts zu sehen.

Matthias stieg aus. Seine Beine versagten ihm fast den Dienst. Er fühlte sich schlapp, als er sich Schritt um Schritt den fremden Personen näherte. Der Geruch irritierte ihn. Ein Gemisch aus Benzin, verbranntem Fleisch. Blut? Es stieß ihm übel auf.

Einer der Polizisten löste sich aus dem Menschenknäuel und kam auf ihn zu.

»Sie können nicht dableiben«, sagte dieser und versuchte mit den Händen, die er gestikulierend über seinem Kopf schwenkte, Matthias' Sicht auf den Unfallort zu verdecken. Und als wäre es nicht genug, ließ er an seiner Seite eine Pistole aufblitzen.

»Meine Frau ist hier«, sagte Matthias mit einer solch ruhigen Stimme, als würde er wie selbstverständlich Olivia treffen und sie gleich in die Arme nehmen.

»Hier gibt es nichts zu sehen.« Der Polizist ergriff ihn an den Schultern, um ihn nach hinten zu schieben.

Matthias verabscheute diese Geste. »Meine Frau ist mit dem Wagen da verunfallt.«

Der Polizist ließ ihn sofort los, drehte sich um und erkundigte sich nach Emmenegger. Wenigstens machte er damit Matthias' Rechtfertigung überflüssig.

Aus der Menge löste sich eine Gestalt und kam langsam auf ihn zu.

Matthias atmete auf, weil er hier jemand Vertrauten gefunden hatte. »Ich muss wissen, ob meine Frau im Unfallauto war.« Er bekannte, er habe Mühe, den Unfall zu realisieren.

»Kommen Sie«, sagte Emmenegger und führte ihn zu einem abseits stehenden Streifenwagen. Er schloss die Tür auf, bückte sich über den Fahrersitz und kam mit einem Plastiksack in den Händen wieder hoch. »Diese Tasche haben wir gefunden. Aus unerklärlichen Gründen muss sie aus dem Wagen geschleudert worden sein. Ich hätte sie Ihnen schon gezeigt, wenn wir sie früher entdeckt hätten.«

Matthias sah sich die Tasche eingehender an. Olivia hatte viele Taschen besessen. Taschen und Schuhe waren eine Leidenschaft von ihr gewesen. Eine teure Neurose, wie er ihr immer wieder zu verstehen gegeben hatte, wenn sie von ihren ausschweifenden Einkaufstouren zurückkam.

Diese Tasche war ihm dennoch fremd. Hatte er seine Frau so gut gekannt, wie er meinte? »Ich weiß es nicht. Könnten Sie die mal öffnen?«

Emmenegger entnahm ihr einen Lippenstift sowie eine Puderdose, Zahnseide in einem Kartonschächtelchen, ein Paket Taschentücher, zwei Büroklammern, eine zerknüllte Quittung, ein Portemonnaie ohne Personalausweis und den Schlüsselbund.

Matthias betrachtete den Schlüsselbund und erkannte ihn. Olivias Schlüssel mit dem markanten Talisman, einer Figur von den Osterinseln, die sie auf einem Flohmarkt gefunden hatte. Sie solle ihr immer Glück bringen, hatte sie gesagt.

Jetzt hatte sie den Tod gebracht.

Matthias sinnierte über Maskottchen. In seinen Augen ein Unsinn und Aberglaube, der vom Mittelalter ins einundzwanzigste Jahrhundert gelangt war und einen Großteil der Menschheit mit all seinen Facetten noch immer im Bann hielt. Die schwarze Katze. Freitag, der Dreizehnte. Kaminfeger auf dem Dach. Krähen vor dem Fenster.

Ein grotesker Voodoo-Zauber.

»Warum nur klammert sich der moderne Mensch an einen solch altertümlichen Humbug?«, hatte Matthias einen Seelsorger in seinem Bekanntenkreis gefragt, von dem er wusste, wie überaus fortschrittlich er dachte.

»Sehen Sie«, hatte dieser gesagt, »die Technologie überholt uns in dem Maße, dass es Angst macht. Und die Wissenschaft klärt uns beinahe täglich über Dinge auf, die wir bis anhin als Fügung Gottes oder als seine Schöpfung betrachtet haben. Das Bewusstsein ist nicht vorhanden. Oder man weicht der Aufgabe aus, den Sinn des Lebens zu erkennen.«

»Und woraus, meinen Sie, besteht der Sinn?«, hatte sich Matthias selbst die Frage gestattet.

»Dass wir einander leben lassen und den gebührenden Respekt erbringen. Unser Ziel ist es, nach dem Tod in eine bessere Welt zu kommen. Aber dafür müssen wir diesseits etwas tun.«

Daran wahrlich schieden sich die Geister.

Matthias glaubte an ein Leben *vor* dem Tod. Alles andere hörte sich so an, als trüge man eine Scheuklappe, als würde man sich der Realität nicht stellen wollen, als sähe man in der Wüste eine Oase, die sich beim Näherkommen als eine Fata Morgana entpuppte.

Trotzdem kam jetzt in ihm der Gedanke an ein Weiterleben nach dem Tod auf. Er vermochte es sich nicht vorzustellen, dass Olivia nicht mehr da war. Nicht einmal mehr ihr Körper war vorhanden, von dem er Abschied hätte nehmen können.

Eine kalte, starre Hand bleibt eine kalte, starre Hand, die man berühren kann, die einem die Gewissheit gibt, dass der Mensch leblos geworden ist, dem Zerfall nahe, der Vergänglichkeit. Wie eine Kerze, deren Flamme man ausbläst, ein kleines blaues Fünkchen am Docht, ein letztes Mal aufglimmend, ein Aushauchen vor der absoluten Dunkelheit. Aber es existiert. Ein Prozess, der vor sich geht.

Genau dies fehlte ihm.

»Die Tasche gehört meiner Frau«, sagte er. Sein Herzmuskel zog sich zusammen. Er glaubte zu träumen. Der Traum hätte alles erträglicher gemacht.

Und wieder bemühte er sich darum, innere Zweifel aufkommen zu lassen. Aus reinem Selbstschutz. Die Tasche war nicht im Auto gefunden worden. Wer sagte denn, dass sie aus dem Wagen geschleudert worden war? Olivia konnte sie doch einfach verloren haben. Vielleicht hatte sie genau an diesem Ort hier angehalten, war ausgestiegen und die Tasche war versehentlich auf den Weg gefallen. Matthias erinnerte sich, dass Olivia die Tasche beim Autofahren stets vor sich platziert hatte.

Es gab verschiedene Möglichkeiten, weshalb eine Tasche in einem Straßengraben lag. Existierte auch die Möglichkeit, dass Olivias Tasche …? Wie müßig, darüber nachzudenken. Nichts würde wie früher sein. Es war zur Geschichte verkommen, was Matthias seltsam berührte.

»Möchten Sie sich setzen?« Emmenegger war sehr einfühlsam. Natürlich kannte er die Wahrheit. Sie war spätestens jetzt offensichtlich. Warum verschonte man ihn vor deren ganzem Ausmaß?

Ein Leichenwagen fuhr vor. Männer des technischen Dienstes gingen wie in Zeitlupe in der Abschrankung umher. Weiße Comicfiguren in einem allzu wahren Film. Ein weiterer Scheinwerfer flammte auf.

»Kann ich den Wagen sehen, bevor er weggeräumt wird?« Matthias trat einen Schritt vor.

»Von dem ist nicht mehr viel zu sehen«, sagte Emmenegger und hinderte Matthias am Weitergehen.

»Wir hatten niemals Geheimnisse voreinander«, sagte Matthias. »Weshalb soll sie mich jetzt im Angesicht ihres Unfalles davon abhalten, sie zu sehen?«

Matthias stieß gegen eine Mauer des Unverständnisses.

Er hatte mit Olivia die heftigsten Lebenslagen durchlebt. Er hatte mit ihr gelacht und geweint, in Ekstase verweilt, Freude geteilt und Trauer empfunden, mit ihr gelitten und gezittert.

Er war mit ihr Hand in Hand durch Höhen und Tiefen gegangen. Er hatte sie Schmerzen ertragen sehen und versucht, sie zu besänftigen, damals, als ihr erstes Kind zur Welt kam. Er hatte sie bluten sehen, später beim zweiten Sohn, als sie eine Sturzgeburt erlebte. Und welche Angst hatte er um sie ausgestanden, als sich Marie ankündigte, dass sich das alles wiederholen könnte.

»Hat sie sehr gelitten?«, fragte er mit beklemmendem Gefühl und war sich nicht sicher, ob Emmenegger ihm die Frage beantworten konnte.

»Es ist zu früh, um irgendwelche Schlüsse zum Unfallhergang zu ziehen. Vielleicht werden sich Zeugen melden. Aber Sie müssen sich in diesem Fall gedulden.«

Er hätte besser nichts gesagt.

»Ich habe das Recht, meine Frau zu sehen«, insistierte Matthias erneut. Die Meinung der Polizei war ihm gleichgültig. Entschlossen schritt er auf die Absperrung zu. Rot-weiße Flatterbänder, die sich im Wind wie Spiralen drehten.

Am Boden lagen zwei Leichensäcke. Die Männer von der Rechtsmedizin öffneten die Särge. Kalte Sarkophage, welche die Tragweite der Tragödie nicht stärker hätten zum Ausdruck bringen können.

»Sollte ich einmal vor dir sterben«, hatte Olivia gesagt, »so lasse mich einäschern. Ich kann den Gedanken nicht ertragen, in einem Schrein zu liegen und langsam zu verwesen.«

Welche Ironie des Schicksals.

Matthias schluckte die Tränen herunter, die ersten, die er seit seinem Erwachen verspürte. Er schwieg. Worte waren fehl am Platz. Er erfuhr wie in Trance, dass man Olivias Leichnam vorläufig nicht für die Beerdigung freigeben konnte. Genauer gesagt die sterblichen Überreste. Matthias fröstelte, während Emmenegger noch immer in seiner Nähe stand.

»Weiß man schon, wer die andere Person war?«

Hatte sie vielleicht einen Autostopper mitgenommen?, überlegte er. Nachts? Olivia war so arglos gegenüber Menschen gewesen. Wieder wehrte er sich gegen das Weinen.

»Es ist besser, wenn Sie jetzt nach Hause fahren«, sagte Emmenegger, ohne auf seine Frage einzugehen, und steckte Olivias Tasche und deren Inhalt wieder in den Asservatenbeutel zurück.

Stumme Requisiten des Todes.

Ja, natürlich. Er sollte nach Hause gehen. In einer Stunde würde er aufstehen müssen. Er musste das DS Schiller zusammen mit der Maschinistin kontrollieren.

In einer Stunde würde der Radiowecker surren und ihn aus einem nie da gewesenen Albtraum befreien.

In einer Stunde würde er Olivia auf die halb geöffneten Lippen küssen, ihr über die Stirn streichen und ihr einen schönen Tag wünschen. Sie würde sich seufzend auf die andere Seite des Bettes wenden und glücklich weiterschlafen. Und er, Matthias, würde eine Weile dastehen und sie betrachten, wie er das jeden Tag immer und immer wieder von Neuem tat, und sich danach zufrieden ins gemeinsame Badezimmer begeben.

Seine Beine drohten einzuknicken. Niemand fragte, ob man ihn nach Hause begleiten solle. Niemand gab ihm eine Beruhigungsspritze, was alles erträglicher gemacht hätte. Er war ein Mann. Und er unterdrückte den hysterischen Schrei, der ihm unbestritten Luft gemacht hätte.

Den Weg zurück zu seinem Wagen beschritt er wie im Delirium.

Er schwebte über dem Boden. Die Schmerzen in seiner Brust nahmen zu.

Dass er bereits über vierzig war und manchmal mit seinem Herzen nicht immer in freundschaftlichem Einvernehmen stand, weil es oft nicht so wollte wie er, versetzte ihn dennoch nicht in Panik. Sein Arzt hatte ihn diesbezüglich schon gewarnt, zumindest darauf aufmerksam gemacht, er solle doch eine gemächlichere Gangart einschlagen. In der Folge hatte sich Matthias langsamer fortbewegt, was aber, das wusste er genau, sein Arzt nicht damit gemeint hatte.

Materie ist vergänglich, rechtfertigte er seine Einstellung zur Gesundheit. Häuser zerfallen auch mit der Zeit. Was gibt es für einen Unterschied, ob Beton zerbröckelt oder Moleküle und Zellen?

Matthias versuchte tief in die Lungen einzuatmen. Jeden Schritt musste er bewusst vollziehen. Den einen Fuß vor den anderen setzen und sich vorstellen, sich in der Gegenwart zu befinden, auf dem feuchten Gras neben dem Feldweg, der wiederum unweit einer Zufahrt lag. Die Geräusche, die von hinten an seine Ohren drangen, vermischten sich. Er glaubte, der Tinnitus quäle ihn. Kirchenglocken waren es nicht mehr. Eher ein Chor, der aus der Kirche erklang, anschwellende Stimmen. Ein Durcheinander an Bass, Tenor, Alt und Sopran. Matthias hielt sich die Hände vor die Ohren.

Als er die Autotür erreichte, war er klatschnass.

Er fiel auf den Sitz und zwang sich selbst, sich zu beruhigen. Jetzt nur nicht durchdrehen. Geistesgegenwärtig schaltete er das Radio ein, ließ sich von einer Melodie berieseln. Eine Kinderstimme im Takt des Technosounds. Welch eine Wohltat. Ein Singsang, den Marie immer anhörte und der ihn unter normalen Umständen nervös machte, wiegte ihn in eine zufriedene Ruhe. Wieder atmete er tief ein. Er drehte den Zündungsschlüssel. Der

Motor stotterte. Sein Auto hatte ein paar Jahre auf dem Buckel. Matthias drückte auf die Kupplung und das Gaspedal, fuhr langsam an. Im Rückspiegel nahm er schwarze Gestalten im Widerschein der Leuchtkörper wahr, Figuren, einem Scherenschnitt gleich, die sich gegen den düsteren Himmel abzeichneten.

Matthias' Gedanken kreisten um Olivia, als könnte er sie dadurch wieder lebendig machen. Alles vor seinen Augen verschwamm und er hatte Mühe, klar zu denken.

Vielleicht saß Olivia zu Hause im Wohnzimmer auf dem geblümten Sofa und wartete auf ihn.

Vier

Im Badezimmerspiegel schaute ihm ein fremdes Gesicht entgegen. Matthias sah übernächtigt aus und der Spiegel log nicht. Der Kummer hatte sich in sein Gesicht gebrannt. Tiefe Sorgenfurchen. Um den Mund gruben sich die Falten. Die Lachfalten, die Olivia an ihm so charmant gefunden hatte, hatten sich verändert. Die Falten waren dieselben geblieben; aber das Lachen war weg.

Ohne Olivia gab es nichts zu lachen.

Matthias beschloss, wachzubleiben.

Natürlich hatte sie nicht auf ihn gewartet. Und die Wirklichkeit war nie zuvor so brutal gewesen wie in diesem Augenblick. In der Küche fand Matthias eine Flasche Bourbon, den Olivia gewöhnlich zum Kochen verwendet hatte. Er goss sich ein Glas randvoll ein und trank es in einem Zug aus. Danach meinte er, sich besser zu fühlen, und wusste um seinen Selbstbetrug. Er stellte die Flasche schlechten Gewissens an ihren Platz zurück. Ich bin nicht wie alle diese dort draußen. Er gab sich einen inneren Ruck, streckte sich, dehnte sich und atmete wiederholt tief ein.

Olivia.

Mit Bourbon hatte sie jeweils die Saucen verfeinert. Neckisch mit dem Finger den letzten Rest aus dem Glas gewischt und auf Matthias' Lippen getupft. Verdammt noch einmal. Was war geschehen? Und warum verhielt sich ihre beste Freundin so zugeknöpft? Matthias sah auf die Uhr. Es war jetzt sechs. Bald Zeit zum Gehen.

Nach einem starken Kaffee rief er den Direktor der

Schifffahrtsgesellschaft an, Pablo Riedweg, und berichtete ihm kurz, was vorgefallen war. Er bat um Beurlaubung für den Rest der Woche.

»Das ist ja tragisch«, sagte Riedweg, der stockend nach tröstenden Worten suchte.

Matthias brauchte kein Mitleid. Er wollte endlich eine Antwort, die Riedweg ihm allerdings auch nicht geben konnte.

»Kann ich helfen?«, fragte dieser.

»Im Moment komme ich gut zurecht.«

Kaffee und Alkohol hatten die Wirkung voll entfaltet.

»Die DS Schiller sollte heute noch einmal in See stechen. Eine Gruppe von Rentnern hat sich kurzfristig angemeldet. Sie müssen auslaufen, Herr Stadelmann. So schnell bekomme ich keinen Ersatz für Sie.«

Meinte er es ernst?

»Ich kann nicht. Fragen Sie Müller ...« Ohne ein weiteres Wort beendete er den Anruf, im Bewusstsein der Konsequenzen. Vielleicht würde er deswegen den Job verlieren. Es war ihm egal.

Matthias musste es Andrea mitteilen.

Andrea Liebermann war seine Schwiegermutter, eine unklassische, weit entfernt von irgendwelchen Klischees. Zu egoistisch für Matthias' Maßstab. Nie hatte er sich für sie erwärmen können. Vielleicht gerade deshalb, weil er sich Schwiegermütter anders vorstellte.

»Marie schläft noch«, sagte sie mit belegter Stimme, worauf sich Matthias für die frühe Störung entschuldigte.

»Ich bin auch nicht richtig wach«, stöhnte Andrea.

Matthias hörte aus ihrer Stimme, wie sie sich zusammennehmen musste, um ihm nicht ungehalten sein kolossales Benehmen unter die Nase zu streichen. Er wusste, Andrea kam nie vor elf Uhr aus dem Bett, war dafür aber am

Abend auf dem Turbotrip. Ein Nachtmensch wie er. Mit dem Unterschied, dass sie ihr Manko mit den zusätzlichen Mußestunden am Morgen wettmachen konnte, was er von sich nicht behaupten konnte.

Matthias überlegte, ob er Andrea von dem nächtlichen Ereignis erzählen sollte. Das Telefon schien dafür nicht geeignet, und es wäre gegen seine Natur gewesen. Er beschränkte sich darauf zu fragen, ob Marie ein, zwei Tage länger bei ihr bleiben könne. Bei Olivia sei etwas dazwischengekommen.

Es war vorauszusehen gewesen, dass ihm Andrea kein Wort glaubte. »Seit wann rufst du mich an, wenn es um Marie geht?«, fragte sie giftig. »Ich glaube, Olivia ist alt genug, um mich selbst zu fragen. Zudem habe ich am Nachmittag ein Rendezvous, zu dem ich Marie unmöglich mitnehmen kann.«

Matthias geriet ins Schwitzen. »Dann muss ich jetzt zu dir kommen.«

»Das geht nicht«, konterte Andrea. »Ich brauche meinen Schönheitsschlaf.«

Ihre Grimasse wollte er jetzt sehen. Ihr Gesicht, das, wenn sie lächelte oder sich in Zufriedenheit wiegte, ein sehr schönes war, doch durch seinen Vorschlag vergrämt sein würde.

»Ich brauche mindestens eine Stunde, um mich salonfähig zu machen«, murmelte sie. »Wenn ich um diese frühe Zeit schon aufstehen muss.«

Er schätzte ihre ehrliche Art. »Ich werde wegschauen«, entgegnete er. Er hatte Andrea, seit er sie kannte, nie ungeschminkt angetroffen. Sie behielt in den ungewöhnlichsten Situationen immer eine Spur von Glamour bei. Egal, was sie gerade tat. Sie besaß zweifellos einen eigenwilligen Stil, der sie zu einer Dame von Welt machte. Zumindest in optischer Hinsicht. Dazu kam, dass sie für ihr Alter von zweiundsiebzig Jahren geistig und körperlich ungewöhnlich fit war. Andrea rackerte sich zweimal wöchentlich im Fitnessstudio ab und achtete auf eine äußerst ausgewogene Ernährung.

Nach dem Tod ihres Mannes war sie wie aus einer Lethargie erwacht, die Frauen um die fünfzig manchmal anhaftet, und hatte sich einen jungen Liebhaber zugelegt. Eine Wochenendbeziehung, wie sie einmal hatte durchblicken lassen, die sie nicht einenge und ihr genug Freiheiten ließ, um ihre Wünsche selbst zu befriedigen und sich nicht von einem Mann abhängig zu machen. Matthias hatte dies lächelnd zur Kenntnis genommen, Olivia jedoch hatte gegen ihre Mutter rebelliert, was jedoch in keiner Weise ernst genommen wurde. Andrea ließ sich von niemandem dreinreden. Schließlich hatte sie vier Kinder großgezogen, ihre Pflichten erfüllt und sah jetzt nicht ein, weshalb sie sich an irgendwelche Richtlinien halten sollte, die ihr die jüngste Tochter auferlegte.

Olivia hatte sehr an ihrem Vater gehangen, auch ein Grund, weshalb sie die Lebensweise ihrer Mutter nicht tolerieren konnte. Das war immer wieder ein Thema gewesen und hätte offenbar von Olivias eigener Unzulänglichkeit ablenken sollen.

Er liebte sie jedoch zu sehr, um daraus eine Polemik zu machen.

Er hatte es verstanden, wenn sie von Zeit zu Zeit ein bisschen aufmüpfig wurde. Die langen, einsamen Tage, an denen sie nur mit Marie beschäftigt war, die Zeit ohne ihre Söhne, die sie hatte loslassen müssen, weil Matthias für sie andere Pläne hatte und ihnen ein Studium in den Staaten ermöglichte. Die englische Sprache erlernen, was in seinen Augen für ihre Zukunft wichtig war. In seinen Söhnen lebte er seine eigenen verkappten Wünsche aus, sich einmal Professor einer Hochschule nennen zu können.

Er wusste genau, Olivia hatte deswegen heimlich Tränen vergossen und es ihm gegenüber nicht zugeben wollen, weil sie im Grunde genommen genauso dachte wie er. Hätte sie irgendeine berufliche Herausforderung gehabt, die sie erfüllte, es wäre einfacher gewesen. Er hatte ihr sogar eine Ausbildung zu ihrem abgebrochenen Studium ermöglichen oder sie in verschiedene Kurse schicken wollen. Sie aber hatte stets erwidert, wie glücklich sie mit der jetzigen Situation sei. Sie wolle vollumfänglich für Marie da sein. Dabei hatte sie ihn mit einer solchen Zärtlichkeit angeschaut, dass er ihr nicht zu widersprechen wagte. Und abends, wenn er todmüde von der Arbeit zurückgekommen war, hatte sie oft mit einer Überraschung auf ihn gewartet, die ihn die anstrengenden Stunden auf dem Schiff und an den Kursen vergessen ließ.

Hätte Matthias an Engel geglaubt, hätte er behauptet, in seinen eigenen vier Wänden einen besessen zu haben.

Andrea riss ihn brüsk aus seinen Gedanken. »Gib mir Olivia. Die steht doch bestimmt neben dir. Oder sage mir, wo ich sie erreichen kann. Dann werde ich mit ihr vereinbaren, wie und wo ich Marie übergeben kann.«

»Ich fahre jetzt los.« Matthias versuchte, ruhig zu bleiben. »Ich werde dir nicht zu nahe treten.«

Er hängte auf. Als das Telefon klingelte, hob er nicht ab. Er ahnte, Andrea würde ihn zurückrufen.

Wie nicht anders zu erwarten, öffnete Andrea ihm wenig später die Haustür.

Sie war angezogen. Ihre Lippen glänzten rot, rubinrot, als hätte sie ihren Mund in eine Schale Konfitüre gesteckt. Ihre Augen waren mit einer schwarzen Sonnenbrille verdeckt. Um die gefärbten Haare, die den grauen Ansatz verdeckten, der seit Jahren aus ihrer Kopfhaut spross, hatte sie ein Band drapiert. Matthias musste heimlich grinsen, trotz der Ernsthaftigkeit der Lage. Andrea gab sich eine krampfhafte Mühe, immer jung und attraktiv auszusehen.

»Marie kommt gleich«, sagte sie.

»Ich muss mit dir sprechen.« Matthias trat vor Andrea, jedoch in einem respektvollen Abstand, wie er ihr versprochen hatte.

»Das sind ja neue Töne«, rief Andrea belustigt aus.

Wie bringe ich ihr bei, dass ihre Tochter gestorben ist? Er versuchte mit gesenktem Blick ein wenig von der Tragik hinüberzubringen. Von seinen schweren Gedanken. Andrea war jedoch so sehr mit sich selbst beschäftigt, dass es ihm nicht gelang.

»Es war abgemacht, dass ich eure Tochter« (sie nannte sie nicht beim Namen) »nur von Donnerstagabend bis Freitagmittag aufnehme. Unglücklicherweise habe ich euch einmal dieses Versprechen gegeben. Aber dabei bleibt es. Auch wenn ihr in der Klemme steckt. Es gibt genügend Kindermädchen, die sich Maries annehmen würden. Am Finanziellen wird es doch wohl nicht liegen …«

Er hasste ihre Überheblichkeit. »Marie liebt dich.« Matthias beherrschte sich. Er empfand ein tiefes Bedürfnis, die Anspannung zwischen Andrea und ihm zu lockern. So ohne Weiteres wollte er es nicht tun, wenn nicht dieser Gedanke gewesen wäre. Er würde Andreas Hilfe in nächster Zukunft in Anspruch nehmen müssen.

»Ja, natürlich tut sie das.« Andrea lächelte jetzt. »Sie ist so anders als ihr alle zusammen. Etwas Spezielles eben, das man nicht benennen kann.« Andreas Züge bekamen eine weichere Form. »Manchmal frage ich mich, ob es wirklich eure Tochter ist.«

Matthias schluckte. Er fand Andreas Angriffe verletzend und entwürdigend. Trotzdem blieb er beherrscht. Er durfte die Stimmung nicht noch mehr aufheizen.

»Deine Tochter«, begann er, nachdem er sich innerlich gefasst hatte. Es war Zeit, mit der Wahrheit herauszurücken. Gleichzeitig überlegte er, dass er diese Aufgabe den Polizisten hätte überlassen sollen. Er selbst war nicht stark genug, um einer Mutter beizubringen, dass ihr Kind ums Leben gekommen war. Es war gegen die Natur, wenn Kinder vor den Eltern starben. Er selbst brauchte jetzt viel Trost.

»Was ist mit Olivia?« Andrea nahm die Brille ab. Ihre Augen waren nicht geschminkt, was auf Matthias eine befremdliche Wirkung ausübte. Fremd genug, um den nächsten Satz emotionslos auszusprechen. »Olivia ist heute Nacht verunfallt.«

Andreas Gesicht überkam eine Blässe, die Matthias Angst einflößte. Nie zuvor hatte er sie in einem solchen Zustand gesehen.

»Wo liegt sie?« Sie rang nach Luft.

Im Sarg, wollte er sagen, hielt sich jedoch im letzten Moment zurück, weil ihm das Würgen im Hals das Sprechen verunmöglichte.

»Wo liegt sie?« Jetzt wurde sie laut.

Matthias schwieg.

Und sie verstand.

Die Minuten danach verstrichen ins Endlose. Matthias hatte in Andrea nie eine alte Frau gesehen bis zu diesem Augenblick. Sie zerfiel in diesem Moment wie eine Marionette, an der man die Fäden lockert. Eine Gummipuppe, der die Luft ausgeht. Jedwede Spannkraft wich aus ihr, als hätte sie ihren Jugendwahn endgültig verloren.

Sie ging rückwärts und setzte sich auf die Bank vor dem Haus. »Wie konnte dies geschehen?« Andrea versuchte, Haltung zu wahren. Sie schob die Sonnenbrille wieder auf den Nasenrücken. »Unfall, sagst du?«

Matthias vermutete, sie schämte sich ihrer Tränen wegen, und wandte sich von ihr ab. »Das wird untersucht. Die Polizei, die Gerichtsmedizin … Sie ist in einen Brückenpfeiler gerast.«

»Zum Teufel! Hätte ich mich doch mehr um sie gekümmert.« Andrea tönte scharf. Ihre Stimme überschlug sich. »Warum muss sie nachts unterwegs sein, allein …«

»Es ist der falsche Zeitpunkt, um sich Vorwürfe zu machen.«

Andrea streckte ihren Rücken durch und bereitete augenscheinlich einen verbalen Angriff vor. Matthias täuschte sich nicht. Es musste der Schock sein.

»*Du* musst dir Vorwürfe machen, Matthias. *Du* warst mit ihr verheiratet. Hast du denn nicht bemerkt, wie sie vor die Hunde geht? Du meinst wohl, ich wäre in all den Jahren blind gewesen.« Sie schniefte. »Ich wollte mich bloß nicht einmischen in eure heile, schöne Welt, in eure sogenannte Bilderbuchehe.« Sie spuckte »Bilderbuchehe« geradezu heraus.

Matthias schluckte. Andrea übertrieb in einem Maße, dass es ihm nicht geheuer war.

Sie erhob sich und fuchtelte mit den Armen. »Vielleicht ist sie durchgedreht. Das hat so kommen müssen.«

Durchgedreht, ja, dachte Matthias. Frauen dürfen immer mal wieder durchdrehen, ohne dass man sie dabei schief ansieht. Er hätte sich auch manchmal liebend gern das Recht herausgenommen, durchzudrehen, die Nerven zu verlieren und laut herauszuschreien. Aber das wirkte natürlich gleich gewalttätig.

»Du bist unfair.« Matthias bemühte sich um einen ruhigen Ton.

»Ja, ja, ihr habt euch geliebt wie am ersten Tag«, erwiderte Andrea verbittert. Ihre jugendlichen Züge wirkten nun vergrämt. »Du hast ihr die Söhne weggenommen. Meinst du, ich habe nicht mitbekommen, wie sehr Olivia litt?«

Matthias unterließ es, sich zur Wehr zu setzen. Andrea versuchte gerade, ihren eigenen Schmerz durch solche Aussagen zu betäuben. Wenn er sich auf eine Diskussion einließ, würde es die Sache verschlimmern.

Sie jedoch gab nicht auf. »Du mit deinem Forschungstrieb um die Kulturfähigkeit des Menschen. Glaubst du, Olivia habe mir von deinen absonderlichen Ideen nichts erzählt?« In ihrer Stimme schwang ein höhnischer Unterton mit. »Du mit deinem blöden Hobby. Du hättest wohl besser daran getan, deine eigene Frau zu erforschen. Ihre verwaiste Seele zum Beispiel.«

»Was redest du denn da?« Matthias drehte sich abrupt zu ihr um. »Wir lebten eine liebevolle Beziehung … Und mein Hobby habe ich immer hintangestellt.« Er winkte ab. Was ging es seine Schwiegermutter an, welche Gefühle er gegenüber Olivia gehegt, was für zärtliche Momente sie miteinander erlebt hatten? Und wie er seine freie Zeit ausgefüllt hatte?

Wenn Andrea ihm ihre Aversionen zeigte, bestätigte es nur, was er schon seit einer geraumen Zeit ahnte. Sie hatte im Gegensatz zu ihrem verstorbenen Mann nie viel von ihm gehalten. Vielleicht verkörperte er zu stark das Mannsbild, das sie gern für sich selbst in Anspruch genommen hätte. Da sie aber gegenüber ihrer eigenen Tochter keine negativen Gefühle aufkommen lassen wollte, projizierte sie diesen Hass auf ihn. Im Grunde genommen musste sie ihn lieben.

Der Schmerz, den sie im Augenblick um ihre tote Tochter empfand, erklärte alles.

Andrea wollte weitersprechen. Als sie aber Marie aus dem Haus kommen sahen, schwiegen sie beide betreten.

Das Mädchen schmiegte sich an Matthias, was ihn erschaudern ließ. Nur zögernd erwiderte er ihre Umarmung. Die Berührung tat gut.

Er erinnerte sich. Er war wie betäubt durch das Haus gelaufen, nachdem ihm Olivia die Nachricht von der dritten Schwangerschaft überbracht hatte. Er war weinend vor ihr auf die Knie gefallen und hatte sie um Verzeihung gebeten, weil er ihr das nach dem Trauma der zweiten Geburt angetan hatte. Nachdem die beiden Söhne aus dem Gröbsten heraus waren, hätte sie ihr Leben zudem genießen und einer Tätigkeit außerhalb des Hauses nachgehen können.

Damals hatte er zugegeben, ein Egoist zu sein. Wenn Olivia ihn verlassen hätte, er hätte es verstanden. Das war allerdings das letzte Mal gewesen, dass er ihr gegenüber eine solche Unterlegenheit demonstrierte.

In der Nacht, als sie von einem Konzert nach Hause gekommen waren, musste es geschehen sein. Sie waren ein bisschen beschwipst gewesen, was nicht nur aus dem Genuss von Champagner, sondern auch aus der sinfonischen Trunkenheit des Abends herrührte. Sie hatten sich an klassischer Musik berauscht, dass es ihnen schwindlig wurde.

Wie der Solist die Saiten seiner Bratsche gestreichelt hatte. Olivias Lachen. Ihr hintergründiges Kichern.

Matthias hatte seine Frau ins Schlafzimmer getragen, sie auf das Bett gelegt und ihr das Kleid ausgezogen: das lange schwarze mit den Pailletten, welches ihr so gut stand, dann die Unterwäsche, bei der er nie wusste, ob sie der wohlgeformten Weiblichkeit standhielt, die Spitze aus Baumwolle, die Olivia über den Brüsten spannte, die noch immer, auch nach zwei Geburten, der Schwerkraft trotzten. Er hatte Kerzen angezündet und eine Symphonie aufgelegt, als hätte er von den fulminanten Allegri nicht schon genug gehört.

Sie waren durch Ebbe und Flut gewogt, hinauf zum Gipfel ohnmächtigen Verlangens, hinunter in lustvolles Entspannen. Sie hatten mit dem Mondlicht getanzt, welches durch die Lamellen der Rollläden schien.

Marie war herangewachsen. Ein Kind, das die eine Nacht als Zeichen unauslöschlicher Liebe in sich tragen musste. Der Liebe zwischen Olivia und Matthias.

»Wo ist Mami?«, fragte Marie mit kindlicher Stimme, die ihre Unschuld untermalte. Mit großen melancholischen Augen blickte sie ihren Vater an. Olivias Augen, dachte er traurig. »Wird Mami nie wiederkommen?«

Was wusste sie? Was hatte sie gehört?

Die Stille um sie herum war greifbar. Matthias brach es fast das Herz.

Andrea kam wie aus dem Nichts auf die beiden zu und schlang wie selbstverständlich ihre Arme um sie. So standen sie da, ein trauriges Trio, das vergeblich versuchte, die Tränen zu unterdrücken. Ein kleines Grüppchen, das erst jetzt die Tragweite des Geschehenen erfasste und dem inneren Druck nichts mehr entgegensetzte. Vergessen waren der unschöne Dialog und die niederen Gefühle gegenüber dem andern. Die Trauer hatte ein Ausmaß angenommen, das alles andere gegenstandslos machte.

Matthias wusste nicht, wie lange sie so dagestanden und sich Trost spendend gehalten hatten. So, wie sie zusammengefunden hatten, gingen sie wieder auseinander. Schweigend, ergriffen und erschöpft.

Marie fand als Erste die Worte. »Wo ist Mami?«

Er musste Rolf und Marc informieren. Matthias verdrängte, wie es in Zukunft weitergehen sollte. Marie war klein und würde jemanden brauchen, der für sie da war. Auf Andrea konnte er nicht zählen. Leise verabschiedete er sich von ihr und überließ sie ihrem eigenen Schicksal. Vielleicht würde sie besser als er über den Tod ihrer Tochter hinwegkommen. Sie war hart im Nehmen.

Und leider ebenso im Austeilen.

Zu Hause suchte Matthias nach etwas Essbarem im Kühlschrank. Es ärgerte ihn, dass er sich nicht darum bemüht hatte, für Marie einkaufen zu gehen. Er nahm die Eier hervor und fand einen Rest Speck.

Am liebsten hätte er ein Viergangmenü zubereitet, um sich zu beschäftigen. Über Olivias Unfall verlor er kein Wort. Auch Marie unterließ es, ihre Mutter zu erwähnen. Es war ein stilles gegenseitiges Einvernehmen. Marie würde erst viel später den Umfang des Geschehens begreifen und dass sie Zeit brauchte, um den Schmerz in ihre kleine Welt zu lassen.

Tage ohne ihre Mutter. Nächte ohne deren tröstende Worte. Matthias würde sein Leben anders gestalten müssen. Und es machte ihm Angst.

Am Nachmittag rief Andrea an und erklärte sich wider Erwarten bereit, Marie ein paar Tage bei sich aufzunehmen. Sie habe eingesehen, dass er in einem großen Dilemma stecke und sie sich nicht einfach von ihm fernhalten könne, zumal es sie auch etwas anging.

Matthias zerbrach sich den Kopf über die Kälte dieser Frau und interpretierte diese Schwäche als ein Zeichen ihrer eigenen Unzulänglichkeit. Sie wehrte sich wohl vehement gegen den Verlustschmerz.

Später sprach Matthias mit Roland Häfliger über die laufenden Ermittlungen. Häfliger war der zuständige Beamte der Kriminalpolizei für »Leib und Leben« und hatte es sich zur Aufgabe gemacht, die Hintergründe, die zum Unfall geführt hatten, auszuleuchten. Er wollte jedoch nicht richtig heraus mit der Sprache. »Die sterblichen Überreste befinden sich in der Rechtsmedizin, wo sie eine Weile bleiben werden. Also bitte, Herr Stadelmann, stellen Sie keine Spekulationen an und lassen Sie uns unsere Arbeit tun. Möglicherweise war Alkohol im Spiel.«

»Olivia trank nicht, wenn sie mit dem Auto unterwegs war.« Matthias wollte sich diese Ungeheuerlichkeit nicht gefallen lassen. Sie verfälschte Olivias Charakter. »Sie hat sich mit wenigen Ausnahmen von Wein und dergleichen distanziert.«

Nach den beiden Anrufen fuhr Matthias noch einmal zur Unfallstelle.

Am Tag sah er das ganze Ausmaß der Tragödie. Olivia war nicht von der Zufahrtsstraße hergekommen. Sie musste auf der Geraden gefahren sein, rechtsseitig der Zufahrt, in entgegengesetzter Richtung. Warum sie mit voller Geschwindigkeit, was aus dem Aufprall zu schließen war, von der Straße abgekommen und in den Brückenpfeiler gefahren war, konnte sich Matthias nicht zusammenreimen. Er hielt vor den rot-weißen Bändern, die am Boden lagen und an die nächtliche Absperrung erinnerten, an. Man hatte vergessen, sie wegzuräumen.

Matthias stieg aus.

Das ausgebrannte Autowrack hatte man bereits weggeschafft. Hier war die Polizei gründlich. Einzig der angesengte schwarzverfärbte Beton bezeugte, was in der Nacht geschehen war. Matthias ging auf die Wand zu. Ein eigenartiges Gefühl nahm von ihm Besitz. Er blickte zurück auf den kurzen Abschnitt des Rasens, wo das Auto abrupt zum Stillstand gekommen und explodiert war. Er vermied es, an die letzten Sekunden vor dem Aufprall zu denken, was ihm nicht gelang.

Hatte Olivia an ihn gedacht? Ihn sich herbeigesehnt? Oder war ihr ganzes Leben im Zeitraffer rückwärtsgelaufen? Hatte ihr Gehirn das Erlebte zurückgespult? Oder war die Zeit dazu zu knapp gewesen?

Matthias sah auf die Straße dahinter und suchte vergeblich nach Bremsspuren.

War Olivia eingeschlafen? Einen Augenblick nur, der ihr zum Verhängnis geworden war? Und was genau hatte die andere Person im Auto gesucht? Hatten sie sich gestritten? Und worüber? Wer war der oder die große Unbekannte?

Selbstmord könne nicht ausgeschlossen werden, hatte Häfliger gesagt. Er wäre ein schlechter Polizist gewesen, wenn er es getan hätte. Viele Wege führen nach Rom.

Doch Matthias wusste, Olivia hatte keinen Suizid begangen. Dafür war sie zeitlebens viel zu glücklich gewesen.

Matthias hatte sich geschworen, mit Olivia gemeinsam alt zu werden.

Er nahm sein Smartphone zur Hand und rief Häfliger an. »Hat man die Reifen untersucht?«

Es musste eine Erklärung geben. Vielleicht war diese einfacher als angenommen.

Vielleicht war ein Reifen geplatzt, der vorderste rechte vielleicht. Und Olivia hatte die Kontrolle über ihren Wagen verloren. Sie hatte zwar gelernt, dass man beim Platzen eines Pneus nicht bremsen darf, sondern die Gänge zurückschalten und den Wagen so langsam zum Stehen bringen sollte. Aber dann hätte sie das Steuerrad nach links gerissen, um den Aufprall mit dem Brückenpfeiler zu verhindern. Olivia hatte eine gute Reaktion gehabt, überaus gesunde Reflexe.

Matthias schritt zurück und suchte nach einer Tafel mit der Höchstgeschwindigkeit. Achtzig Stundenkilometer waren erlaubt. Olivia hatte sich immer daran gehalten, was ihn zu den absonderlichsten Äußerungen in Bezug auf ihren Fahrstil veranlasst hatte. Selbst darin war sie gewissenhaft gewesen. Mit welchem Tempo musste ein Auto daherkommen, um bei einem Aufprall beim Brückenpfeiler gleich in Flammen aufzugehen? Zu explodieren? Welche Kräfte hatten hier eine Rolle gespielt? Matthias dachte an eine mathematisch berechenbare Lösung. Ob wohl die Polizei auch auf diese Idee kam? Wie spitz der Einfahrtswinkel von der Straße auf das Hindernis traf?

»Der Wagen ist bereits bei der Technik.« Häfligers Antwort fiel unbefriedigend aus.

Matthias hätte den Ermittlungen gern vorgegriffen. Ein erneuter Versuch, sich vom Wesentlichen abzulenken.

Wieder schritt er die Strecke vor dem Brückenpfeiler ab, ohne dabei etwas Verdächtiges oder zumindest Neues zu finden. Dann wechselte er auf die andere Straßenseite, dorthin, wo sich die Zufahrt befand. Die Straße machte von oben herkommend einen Bogen von neunzig Grad und zweigte in die Hauptstraße ab. Aber auch hier fand er nichts.

Ein nervöses Hupen riss ihn jäh aus den Gedanken. Matthias sah ein Auto direkt auf sich zukommen. Mit einem Schritt zur Seite verhinderte er, von dem Wagen gestreift zu werden. Der kühle Luftzug, der ihm entgegenwehte, versetzte ihn in einen schockähnlichen Zustand. Mit zitternden Knien stützte sich Matthias an der Leitplanke ab, welche sich auf der linken Seite befand. Auf der falschen Seite, wie er bemerkte. Vielleicht wäre Olivia noch am

Leben gewesen, wenn diese Absperrung auch auf der anderen Seite existiert hätte.

Hätte sie abgefedert oder zumindest das Tempo gedrosselt.

Fast wäre ich ihr in den Tod gefolgt. Matthias seufzte. Es wäre ein Leichtes gewesen, sich von dem Auto überfahren zu lassen. Ein Schritt in die entgegengesetzte Richtung und er wäre auf der Kühlerhaube gelandet oder zwischen den beiden Vorderrädern. Platt gewalzt unter der Stoßstange. Oder aufgeschlagen mit dem Schädel. Zurückkatapultiert auf den Asphalt. Es wäre ein hässlicher Anblick gewesen. So schnell ging es manchmal. Aus. Vorbei.

Mann und Frau am selben Tag gestorben.

Zwei Liebende, bei denen das Schicksal gnadenlos zugeschlagen hatte.

Oder: Frau stirbt durch Unfall, der Mann folgt ihr aus Kummer. Das wäre zumindest für ihn zutreffend gewesen. Wie schreiende Lettern auf dem Titelblatt der Boulevardzeitung. Buchstaben in Rot. Blutrot, welches den Leser allein durch seine Farbe auf den Inhalt aufmerksam machte. Der Hinweis auf das Erschütternde. Tragische. Wie ein Wegweiser zu dem dramatischen Text, den ein Sensationsreporter in seiner Gier geschrieben hatte.

Die Ausgeburt eines erschreckenden Zeitgeistes.

Man wurde nicht einmal gezwungen hinzusehen. Man lechzte danach. Ein Computerspiel der realen Art. Augen auf und durch. Sehen, wie lange es dauerte, bis es einem schlecht wurde. Starren und darauf warten, was im Inneren passierte. Als Zuschauer und Konsument. Ausgenützt durch die Presse, die vom Abscheulichen lebte.

Matthias schüttelte den Kopf. Er entsann sich einer Statistik, die belegte, dass Männer weniger gut mit Tiefschlägen umgehen konnten als Frauen. Das weibliche

Geschlecht vergieße zwar mehr Tränen, Männer hegten dagegen vermehrt Selbstmordgedanken. Er wischte das Düstere weg, das sich allmählich einen Weg von seinem tiefen Unbewussten an die Oberfläche bahnte. Benommen ging er zu seinem Wagen zurück.

Ich werde nicht aufgeben, gebot er sich, bevor ich nicht weiß, was in dieser Nacht wirklich geschehen ist.

Fünf

Der Himmel öffnete seine Schleusen, als Matthias zu Hause ankam.

Der Himmel weinte mit ihm, ein Grund mehr, seine Tränen nicht mehr zurückzuhalten. Er weinte auch noch, als er das Telefon zur Hand nahm und eine Nummer in Übersee wählte.

Dort war es früh.

Rolf tönte verschlafen. »Papa, was um alles in der Welt veranlasst dich, mich aus einem erholsamen Morgenschlummer aufzuwecken?« Typisch Rolf.

Matthias schniefte ein paarmal. Sein Sohn hatte in den vergangenen drei Jahren einen amerikanischen Akzent angenommen.

»Ist etwas passiert?«

Da war sie wieder. Die Antenne, welche Rolf besaß, die Fähigkeit, Schwingungen wahrzunehmen und den Gemütszustand seiner Familie herauszufinden. Ohne viele Worte.

»Es tut mir leid«, sagte er. »Ich habe schlecht geschlafen. Darum bin ich so gereizt.«

»Du brauchst dich nicht zu entschuldigen.« Matthias überlegte, wie er beginnen wollte.

Erneutes Schweigen. Geräuschvolles Schniefen. Matthias empfand eine große Achtung gegenüber seinem Erstgeborenen. Wenn Olivias Wesen irgendwo in der Natur eine Kopie besaß, dann war diese in Rolfs Körper verpackt. Ein Mysterium, das Matthias nicht verstand, weshalb er diese Tatsache, dass Geheimnisvolles oder Undefinierbares überhaupt in einem Menschenleben Platz fanden, allzu gern in seine Schublade mit der Aufschrift »später bearbeiten« wegsteckte. Da gab es Kräfte, gegen die sich zu wehren er nicht imstande war.

Olivia und Rolf. Mutter und Sohn. Eine fast unheimliche Symbiose.

»Sage jetzt nicht, dass du es schon weißt.« Matthias fühlte sich hilflos.

»Ich habe von Mama geträumt«, sagte Rolf. »Es ist ein sonderbarer Traum gewesen, als hätte sie darin zu mir gesprochen. Ich weiß nicht, ob es Einbildung war. Ich weiß nichts mehr. Nur dass ich weinend aufgewacht bin. Und jetzt rufst du mich an. Ich weiß nicht, was ich davon halten soll.«

Beklemmung. Matthias konnte und wollte solche Dinge nicht glauben. Oder flossen da Energien, die er nicht unter Kontrolle halten konnte? Niemals. Alles war erklärbar. Ohne Ausnahme.

Der Mensch hat die Gabe zu phantasieren. Innere Bilder zu erschaffen. Man gibt ein Programm ein und Möglichkeiten werden gesucht. Träume sind, daran glaubte Matthias, eine Überreiztheit des Nervensystems, welches Impulse an das Gehirn übermittelt. Bilder müssen zwangsläufig entstehen aus der Vielschichtigkeit vergangener Tage, Monate, sogar Jahre. Ein kreatives Puzzle. Einzelteile, die zwar geometrisch ineinanderpassen, jedoch nicht immer ein klares Endprodukt ergeben.

Alles war jedoch erklärbar. Erfassbar. Zumindest für Matthias.

»Den Beweis, dass das Gehirn eine rein technische Funktion hat«, pflegte er bei den Vorträgen zu sagen, »erbrachte die Errungenschaft des zwanzigsten Jahrhunderts – der Computer. Er wird mit Daten gespeist und produziert anhand dessen die Antwort der vorausgehenden Fragen. Mit Daten gefütterte Mikrochips sind den Nervenzellen gleich. Eine Technologie der Neuronen. Der Mensch hat erschaffen, was er ist. Genauso läuft es im menschlichen Gehirn ab. Es wird mit tausend Eindrücken vollgestopft und verarbeitet so das Gesehene, das Erlebte, das Ertastete. Die Sinne, meine Damen und Herren, liefern nichts anderes als Impulse, die dann zu gegebener Zeit verarbeitet werden. Im Wachzustand können wir das Ganze beeinflussen. Aber während des Schlafens drehen die Sicherungen schon mal durch und verursachen ein sprichwörtliches Chaos.« Natürlich sahen ihn die Lernenden jeweils mit großem Unverständnis an, weil Matthias' Philosophieren hier keinen Platz hatte. Dann endete er mit den Worten: »Es lohnt sich nicht, bei der Arbeit zu schlafen«, worauf ihm der Applaus gewiss war.

»Was hast du denn geträumt?« Matthias' Anspannung nahm zu.

»Mama stand neben mir und hat mich angelächelt. Sie sagte, sie müsse gehen und ich soll nicht weinen.«

»Wann war das? Um welche Uhrzeit?« Matthias ertappte sich dabei, wie verwirrt er war. In Boston ging die Zeit um sechs Stunden nach. Solche Gedanken ließ er normalerweise gar nicht zu.

»Ich ging früh zu Bett«, antwortete Rolf, »weil ich in der vorletzten Nacht wenig geschlafen hatte.«

»Alkohol?«

»Ein bisschen Gras, du weißt schon.«

Auf diese Antwort hatte Matthias gewartet. Es schien ihm, als müsste er ausatmen, um eine Last loszuwerden, die ihn fast erdrückt hatte. »Also warst du so oder so nicht klar im Kopf.« Es wunderte ihn, dass er seinen Sohn nicht beschimpfte. Aber sein Zustand erklärte seinen Traum.

Er war sicher, Rolf hatte mit seiner Mutter erst kürzlich gesprochen. Er war sensibilisiert. Alles war erklärbar und wie immer berechenbar, also auch kein Zufall. »Ist Marc bei dir?«

Bevor Matthias darauf eine Antwort bekam, durchbohrte ihn der Älteste mit seiner Frage. »Wo ist Mama? Ich habe ein undefinierbares Gefühl in mir und ahne, dass irgendetwas nicht so ist, wie es sein sollte.«

»Ich glaube, du und Marc solltet so bald wie möglich eure Reise nach Hause antreten.« Wieder spürte Matthias Tränen aufsteigen, einen stechenden Schmerz in der Kehle, der nicht mehr zu unterdrücken war. Er redete um des Redens willen. Und so erfuhr sein Sohn das Unglaubliche.

Doch es warf erneut Fragen auf, auf die Matthias kaum eine Antwort geben konnte. Jetzt weinte er. Das Elend der vergangenen Stunden drückte sich in diesem Tränenfluss aus. Es schüttelte ihn durch. Gedanken drangen an die Oberfläche, das Unausweichliche, Endgültige. Die absolute Leere. Am anderen Ende der Telefonleitung blieb es unheimlich still.

Vorwurfsvoll still. »Hat sie dir etwas erzählt?« Matthias Stimme klang nasal, nachdem er sich geschnäuzt hatte.

»Worüber sollten wir gesprochen haben?«

Gegenfrage.

»Wann genau hat sie dich angerufen?«

Keine Antwort, nur Fragen, die man einander im Pingpong-Effekt zuwarf. Ein Ausweichen, Umgehen, ein Ignorieren.

»Wann hat sie dich angerufen?«, beharrte Matthias.

»Vorgestern, so genau weiß ich es nicht mehr.«

Endlich ein Anhaltspunkt. Eine Offenbarung?

Matthias schwitzte jetzt. Er fürchtete die Antwort. Olivia hatte nicht allein im Wagen gesessen. Bei ihr war jemand gewesen. Besaß Rolf den Schlüssel zu der Tür, die für Matthias zugesperrt war? Den Code für Olivias Seele? Den Zutritt in etwas Unbekanntes? Fremdes?

»Ich weiß nicht mehr als du«, sagte Rolf.

Matthias hörte einen beschämten Unterton aus seiner Stimme.

»Wir sprachen über mein Studium.«

»Und, geht es gut voran?«

Ablenkung. Wie immer.

»Gib mir Bescheid, wann ihr einen Flug habt.«

Matthias verabschiedete sich, bevor ihm seine Sprache wieder versagte. Eine Weile blieb er stehen, im Korridor, an der Wand neben dem Telefon, unbequem wie es war. Niemals würde er den Apparat auswechseln. Er würde ihm immer Geschichten erzählen wollen und ihn an die unvergleichbare Art seiner Frau erinnern. An ihren Charakter, der ihn manchmal zum Verzweifeln gebracht und sie doch so einmalig gemacht hatte.

Er hatte sie gekannt, jeden Teil von ihr, jede Faser ihres Körpers. Jeden Gedanken.

Körper. Seele. Geist. Er wusste, wie sie sich anfühlte, wie angenehm sie roch, wie klug sie dachte. Er kannte ihre Reaktionen auf seine Provokationen. Über ihr Selbst wusste er Bescheid. Sie war ihm so ganz und gar vertraut, dass sie ihm manchmal wie fremd erschien.

Entfremdet selbst ihr Körper.

Das ist nur eine vorübergehende Amnesie, dachte Matthias. Die natürliche Funktion des Gehirns blockiert, weil die eingehenden Gedanken unerträglich sind. Ein lähmendes Virus, welches ohne Gegenwehr das zentrale Nervensystem angreift. Es schachmatt setzt. Die Bilder zum Verschwinden bringt.

Eine erneute unnatürliche Hitze schwappte über seine

Brust. Matthias bemerkte, wie er zitterte. Begleitet von einer Angst, die aus der Tiefe kam. Sein linker Arm fühlte sich an, als steckte er in einem Ameisenhaufen. Ein Kribbeln, das von den Fingerspitzen ausging und sich über den Ellenbogen auf die Schultern ausweitete. Matthias versuchte durchzuatmen.

Irgendwo hatte er Herztabletten, die ihm sein Hausarzt verordnet, die er jedoch nie eingenommen hatte. Matthias suchte im Küchenschrank, da, wo alles lag, was von außen nicht ersichtlich sein sollte. Mit der Zeit hatte sich hier allerlei Gerümpel angesammelt. Neben den flachen Tellern und den Suppentassen, eingepfercht in den entstandenen Hohlräumen, befanden sich nicht aufgeklebte Briefmarken, Schreibstifte, lose Schlüssel, angebrochene Kaugummipäckchen und aufgerissene Pillenschachteln.

Hatte Olivia mal wieder eine Anwandlung von Putzfimmel gehabt, hatte sie das Angestaute und kaum mehr Beachtete entsorgt und damit neuen Raum für die nächsten Versteckspiele geschaffen.

Matthias fand die Tabletten endlich im Fach des Apothekenschrankes hinter einer Flasche Hustensirup mit dem Vermerk »Marie«.

Er schluckte zwei von den weißen Kapseln. Er unterließ es aber, seinen Arzt anzurufen, setzte sich stattdessen aufs Sofa im Wohnzimmer und las die Beilageschrift des Medikamentes, ohne deren Inhalt richtig wahrzunehmen. Er wusste, woraus Herztabletten gemacht waren und welche Wirkung sie auf das vegetative Nervensystem sowie die Verdünnungswerte des Blutes hatten.

Mit der Zeit verschwand das einengende Gefühl im Torso, das mit der Taubheit des Armes einhergegangen war. Für Matthias schien die Dringlichkeit des Problems somit beseitigt.

Andere Gedanken schoben sich in sein Bewusstsein. Auch die Bilder von Olivia kehrten zurück. Ihre Anmut und Schönheit, welche man mit nichts vergleichen konnte.

Er hatte plötzlich ein sich selbst zerstörendes Verlangen.

Ein wahnhaftes Bedürfnis, sich erinnern zu müssen. Matthias wählte Melodien aus seinem unerschöpflichen Repertoire an CDs aus. Titel, die eine ganze Geschichte erzählten, Episoden aus dem Leben mit Olivia.

Filmmusik, welche die Szenen ihrer Liebe untermalte und sie im Nachhinein immer in die Gegebenheiten zurückbeförderte, in denen sie sich aufgehalten hatten. Musik aus ihrer Jugend.

Studentenmusik in der klassischen Manier jener Epoche, die sie wild und frei erlebt hatten.

Kultmusik mit ihren unverkennbaren Tönen elektronischer Gitarren, Bässe und Schlagzeuge, erschaffen mit Drumcomputern, synthetischem Bass und digitalen Synthesizern.

Sie hatten es ausgelebt, er und Olivia. Musik war ihr ständiger Begleiter gewesen. Selbst an dem Tag, als Marie das Licht der Welt erblickt hatte, schwebten die sanften Töne einer zarten Frauenstimme durch den Gebärsaal.

Mit Musik kann man einen Menschen töten, dachte Matthias, und legte eine CD ins Laufwerk seiner Stereoanlage. Danach holte er sämtliche Fotoalben hervor und begab sich auf die Reise seiner visuellen Erinnerung. Olivia und immer wieder Olivia.

Und nichts auf den Bildern hätte je nur einen winzigen Anflug des Geheimnisses um ihren Tod preisgegeben. Lächelnde Gesichter und ernste. Traurige Gesten und fröhliche. Abwehrende, weil sie sich nie gern hatte fotografieren lassen. Das jedoch hatte er ihr nie geglaubt. Olivia hatte sich gekonnt zu inszenieren gewusst. Ein

Talent, das sie auch im Schlafzimmer besessen hatte. Sie war leidenschaftlicher Natur gewesen.

Matthias konnte sich nicht mehr beherrschen. Die Stimme des Sängers warf ihn zurück, umklammerte ihn mit dem Schmerz unerträglicher Sehnsucht. Er glaubte, seine Sinne zu verlieren.

In dieses seelische Chaos hinein klingelte das Telefon.

»Wir haben Neuigkeiten.« Häfligers unverkennbarer Tenor. »Wir wissen jetzt, wer am Steuer gesessen hat.«

Matthias hoffte vergebens. Er hätte es gern als eine normale Erklärung empfunden und von der Schuldfrage, die er insgeheim in sich trug, abgesehen. Doch jetzt war es erwiesen, und die Frage nach dem Warum würde ihn weiterhin vehement quälen. Das Folgende hätte er besser nicht gehört.

»... und die Person auf dem Beifahrersitz war ein Mann.«

»Eindeutig?« Er spürte, wie eine Hitzewelle ihn ergriff.

»Heute Morgen ist eine Vermisstenanzeige eingegangen«, sagte Häfliger. »Anhand der Utensilien, die bei dem Opfer gefunden worden waren, konnte es bald identifiziert werden.«

Matthias fand keine Worte. Er vermied es zu sagen, wie effizient die Polizei in diesem Fall arbeitete. Es wäre ihm lieber gewesen, sie hätte es nicht getan.

»Kann ich die Anschrift des anderen Toten haben?« In Matthias' Leib brodelte es. Einem Dampfkochtopf gleich, dessen Ventil, befand es sich erst einmal am Anschlag, zerbarst und die geballte Ladung an Energie freisetzte. Ein Vulkan ungeheuren Ausmaßes. Zwangsläufig musste sich der Druck in Matthias' Innerem als angehender Infarkt manifestieren.

Sie müssten den Datenschutz wahren und es sei daher unmöglich, war das Einzige, was er hörte, bevor er auflegte.

Vielleicht hatte dieser Fremde Olivia getötet. Hatte sie mit seinen Absichten in den Tod gerissen. Mit Grauen beschwor Matthias die ungeheuerlichen Zeitungsberichte von vergangenen Tagen herauf.

Nie hatte Matthias verstanden, dass es solche Gräueltaten gab. In einem Jahrhundert, wo man den Mond bereits erkundet hatte und sich auf dem Weg zum Mars befand.

Bis anhin hatte er eine gesunde Distanz zu diesen Dingen gehalten.

Plötzlich schien es ihn jedoch selbst zu betreffen und er musste sich mit der Frage auseinandersetzen, ob Olivia ermordet worden war.

»Es gibt Dinge zwischen Himmel und Erde, die wir nicht verstehen«, hatte Olivia oft gesagt. Er hatte ihre Blauäugigkeit nie verstanden. Immer hatte sie nur das Gute gesehen. Das Liebe. Das Schöne.

Und das Gegenteil verdrängt.

Matthias zweifelte plötzlich an seinen Überlegungen.

Er haderte auch noch, als er sich entschloss, sich niederzulegen und seinem Körper ein Minimum an Schlaf zu gönnen. Mit dem Hinlegen kehrte der Schmerz in seiner Brust zurück. Er griff noch einmal zu einer Tablette und nahm sich vor, anderntags seinen Arzt aufzusuchen.

Das Leben musste weitergehen. Er hatte drei Kinder, die er nicht verwaisen lassen durfte.

Er ließ keine Selbstmordgedanken mehr zu, obwohl sie ihn anfangs gefangen gehalten hatten. Unmittelbar nach dem Erwachen aus seiner Ohnmacht.

Ohne Olivia ergab alles keinen Sinn mehr. Ohne ihre Nähe fiel Matthias in eine Leere. In einen Sog. In ein Vakuum. Was bedeuteten ihm die Stunden auf dem Schiff, an den Kursen und Referaten, was die Arbeit, wenn er zu

Hause keine Frau mehr vorfand, die ihn die Frustrationen des Tages vergessen ließ? Die ihn mit ihrer bloßen Anwesenheit beglückte? Die ihm als Einzige die gebührende Aufmerksamkeit entgegenbrachte und ihn in seinem Wesen verstand?

Sie hatte ihn leben lassen und ihm die kleinen Dinge des Alltags schweigend aus dem Weg geräumt. Sie hatte ihre gemeinsamen Kinder zu Respekt und Anstand erzogen. Selbst darum hatte er sich nicht zu kümmern brauchen. Mit ihrem ersten Kind war sie in der Mutterrolle aufgegangen und hatte das Familienleben zelebriert, ganz zur Verwunderung ihrer Freunde.

Olivia hatte auf ihre Ansprüche verzichtet, die sie seiner Meinung nach hatte. Er wusste, dass sie ihn verehrt hatte, trotz seines unmöglichen Charakters. Sie waren wie Pech und Schwefel gewesen.

Warum sollten sie nicht auch im Tod vereint sein?

»Nicht, bevor ich nicht genau weiß, weshalb Olivia sterben musste.« Matthias ertappte sich dabei, wie er laut vor sich hinsprach.

Anderntags riss ihn die Realität brutal aus dem Schlaf.

Häfliger rief schon um sieben Uhr an und bat Matthias, ohne Verzögerung beim Kriminaltechnischen Dienst zu erscheinen. Man habe die Nacht durchgearbeitet, um den Fall baldmöglichst beenden zu können. Seine Anwesenheit sei jetzt dringend erwünscht, um Einzelheiten abzuklären. Häfliger gab sich geheimnisvoll, was Matthias noch nervöser machte. Den Arztbesuch verschob er. Daran war nicht mehr zu denken.

Bevor er aus dem Haus ging, erkundigte er sich bei Andrea nach Maries Befinden und fragte, ob sie auch pünktlich zur Schule komme.

»Ich habe sie abgemeldet«, konterte Andrea und ließ ihre schlechte Laune an ihm aus. »Du glaubst doch wohl nicht, dass dieses Kind nach einem solchen Schicksalsschlag die Schulbank drücken und sich von ihren Mitschülern Löcher in den Bauch fragen lassen muss?«

Matthias glaubte, einen anderen Grund zu kennen. Andrea hätte Marie zur Schule fahren sollen und dazu hätte sie früh aufstehen und sich zurechtmachen müssen. Er ließ seine diesbezüglichen Bemerkungen sein, obwohl er vermutete, Marie hätte in der Schule die richtige Ablenkung bekommen. Vielleicht musste er früher oder später doch eine Haushaltshilfe suchen. Er spielte sogar mit dem Gedanken, seinen eigenen Beruf aufzugeben und sich von zu Hause aus zu beschäftigen, um für seine Tochter da zu sein.

Ein Geräusch aus dem Wohnzimmer ließ ihn zusammenfahren, während er sich im Bad anzog. Irgendetwas musste auf den Boden gefallen sein. Matthias war sicher, das Fenster am Vorabend geschlossen zu haben, sodass kaum ein Windhauch durch die Räume hätte wehen können. Nachdenklich schritt er durch den Korridor dem Wohnzimmer entgegen.

Er sah es schon von Weitem.

Der Rahmen über dem Kamin, in dem Olivias Bild zu sehen war, hatte sich vom Nagel an der Wand gelöst und war auf das Parkett gefallen. Matthias hob das Bild auf und überprüfte auf der Rückseite die Hängevorrichtung, die jedoch intakt war. Er vergewisserte sich, dass das Glas auf der Front keinen Schaden genommen hatte, und hängte das Bild an seinen angestammten Platz zurück. Er überprüfte auch den Nagel, der jedoch fest in der Mauer eingelassen und durch nichts zu bewegen war. Eine Weile blieb er davor stehen und blickte auf die lachende Olivia. Er hatte das Foto im letzten Sommer in der Karibik gemacht. Sie sah wunderschön aus mit ihrer gebräunten Haut.

Matthias seufzte ergriffen und wandte sich ab. Er machte sich erst Gedanken, als er zurück ins Schlafzimmer kam und ihm die Absurdität des Vorganges klar wurde. Vielleicht hatte die Erde gebebt und er hatte es nicht bemerkt. Das Bild musste dabei über den Nagel gerutscht sein, ein erklärbares Phänomen, obwohl der Nagel einen Kopf hatte und der Aufhängebügel des Bildes darüber hinweg hätte hüpfen müssen. Die Erde hatte sich wohl vertikal verschoben.

Er zog sich fertig an.

Da hörte er es wieder.

Diesmal erschrak er wirklich. Nicht über das Geräusch, sondern über seine Wahrnehmungen. War er schon übergeschnappt? Spielten seine Nerven verrückt? Wiederum ging er ins Wohnzimmer. Die Beine trugen ihn einfach dahin, einem Mechanismus gleich. Matthias blickte an die Wand über dem Kamin. Der helle, quadratische Fleck stach wie ein Mahnmal aus dem leicht verfärbten Abrieb hervor. Unverrückt steckte der schwarze Nagel darin; auf dem Boden lag das Bild.

Alles ist erklärbar, dachte Matthias und hob die Fotografie auf. Seine Hände zitterten unmerklich. Er fand die Aufhängevorrichtung gleich vor wie beim ersten Mal. Sie war unversehrt. Matthias griff sich an die Stirn. Kniff sich ins linke Ohr. Er war hellwach. Die Schwarzwälderuhr seines Vaters tickte gleichmäßig.

Durch die Fenster schimmerte das Silbergrau der Dämmerung. Ein wolkenloser Tag tastete sich zaghaft durch die ersten herbstlichen bodennahen Nebelschwaden hervor.

Ein Tag ohne Olivia.

Aber er spürte sie. Die Verbindung war wieder präsent und füllte die Leere, die er in der ersten Nacht nach ihrem Tod gespürt hatte. Wenn auch nur in einer abstrakten Form.

Ein sonderbares Gefühl, einer Beklemmung gleich, tief in seiner Mitte. Messbar im Schwindel, der ihn seltsam berührte. Nicht klar in seinen Gedanken legte Matthias das Bild auf den Kaminsims. Ein erneutes Herunterfallen würde er nicht provozieren.

Alles ist erklärbar.

Kopfschüttelnd kehrte er ins Schlafzimmer zurück, schnappte nach seiner Jacke und verließ das Haus.

Auf dem Weg zur Polizei vergaß er den Vorfall.

Olivia tauchte vor ihm auf.

Matthias fuhr und tanzte zugleich hinter der Scheibe, in seinem Kopf die Melodie von Olivias Liedern, ihren selbst erfundenen Texten. Es war eine Leidenschaft von ihr gewesen, zu jeder Jahreszeit Verse zu dichten. Reime zu stricken. Gedichte von einer so einzigartigen Einfachheit, dass sie allein schon deswegen das Sinnliche in sich trugen.

Die Bäume in der Allee hatten sich fast über Nacht bunt gefärbt. Die Wiesen verloren allmählich das satte Grün. In der Luft lag eine würzige Feuchtigkeit.

Matthias fühlte sich müde.

Sein Kopf kippte von einer auf die andere Seite, nickte ein, richtete sich auf. Die Benommenheit nahm eine gefährliche Dimension an. Er fuhr ungebremst weiter. Laut singend versuchte er sich wachzuhalten. Ich hätte einen Kaffee trinken müssen, rügte er sich im Stillen.

Wespen in seinem Kopf. Ein konstantes Ohrensausen. Der Körper ist ein Mechanismus. Fehlt ihm der Brennstoff, zeigt er Defizite. Matthias sprach laut, lachte. Turnte herum. Einem Gymnastikball gleich rollte er sein Haupt nach vorn, seitlich nach links, nach hinten und rechtsherum.

Wann würde er zu seinem DS Schiller zurückkehren können? Noch musste er die Reinigung koordinieren und kontrollieren.

Sechs

Das Gebäude der Polizei hatte er bis anhin nur von außen gesehen.

Ein Haus aus roten Backsteinen. Stein um Stein übereinander. Wie verschoben, was ihn an das Gemäuer eines alten Bahnhofes erinnerte oder an ein Schulhaus aus den Anfängen des zwanzigsten Jahrhunderts. Ein Gebäude wie aus der Vorkriegszeit. Sicher war so mancher stolz darauf, etwas Derartiges erhalten zu haben, wo sonst der Zahn der Zeit nagte und manchmal ganze Häuserzeilen verfielen.

Die unteren Fenster waren mit Gittern versehen. Matthias tippte auf Gefängniszellen der Untersuchungshaft. Die aufgehende Sonne spiegelte sich im Glas. Matthias hielt vergeblich Ausschau nach den Händen eines Häftlings.

Ein paar Kleinwagen standen auf dem Parkplatz. Auf deren Dächern schimmerten Tautropfen.

Matthias fuhr in die einzige Lücke und ließ die Scheibe herunter. Tief einatmen. Tief ausatmen. Er wiederholte den Vorgang ein paarmal und meinte, dadurch sein Denken zu aktivieren.

Auf der Gebäudefront ging die Tür auf und zwei uniformierte Polizisten traten auf die Treppe, die nach unten führte. Matthias kannte sie nicht. Er wartete, bis die beiden Männer an ihm vorbeigegangen waren; dann stieg er aus.

Jeder Schritt, der ihn über die Stufen zum Portal führte,

kostete ihn Überwindung. Sein Herz raste. Heute würde er alle Fakten schwarz auf weiß sehen. Heute würde der Vorhang aufgehen und den Blick auf die Bühne freigeben. Er würde endlich die ganze Wahrheit erfahren. Deswegen war er hier. Die Masken würden fallen. Die Gesichter zum Vorschein kommen. Ungeschminkt. Olivia und der Fremde neben ihr. Ein Gefühl wie Eifersucht machte sich in Matthias breit. Wer war dieser Mann, der seine Frau zuletzt lebend gesehen hatte?

Er, Matthias, war es doch, der neben ihr hatte sterben wollen. So hatten sie es besprochen.

Bis dass der Tod uns scheidet. Das war ein gegenseitiges Einvernehmen gewesen.

Er erreichte die Tür zu Häfligers Büro, als dieser gerade die Klinke herunterdrückte. Demonstrativ schaute Häfliger auf seine Armbanduhr.

»Viel Verkehr heute«, sagte Matthias. »Entschuldigen Sie die Verspätung.« Er wollte nicht zugeben, wie schwer ihm sein Gang hierher gefallen war. Er blickte den Mann an, hatte ihn sich am Telefon anders vorgestellt. Häfliger war groß, mager, mit Schnurrbart und Brille.

Pünktlichkeit hatte bis anhin zu einer seiner wenigen Tugenden gehört. Matthias hatte dies auch von anderen erwartet und nicht ausstehen können, wenn seine Schüler zu spät zum Unterricht oder die Touristen nicht pünktlich auf dem Schiff erschienen.

Jetzt war sie nebensächlich geworden.

Plötzlich verschwanden die Dinge, die einmal so wichtig gewesen waren. Die Kleinigkeiten im Alltag, die Matthias zwar belächelt, aber nie ignoriert hatte. Sie lösten sich ins Nichtige auf. Sie wurden unnötig. Nichts war mehr wichtig außer dem Weg, den er jetzt ging. Er hatte sich ein Ziel gesetzt.

Er musste die Wahrheit finden.

»Kommen Sie«, sagte Häfliger und führte ihn durch einen langen Korridor an geschlossenen Türen vorbei in sein Büro. Er bat ihn, auf einem der Stühle Platz zu nehmen.

Sie befanden sich allein in einem Raum, der nach kaltem Kaffee roch. Auf dem Tisch stand ein Karton. Matthias ahnte, was sich darin befand. Olivias Sachen, die sie getragen hatte und die im Wagen nicht vollständig verbrannt waren. Oder die vorher herausgefallen waren, wie irr, dies zu glauben. Er wusste nicht, ob er diese Dinge alle noch einmal sehen wollte. Häfliger fragte nicht danach und kippte die Schachtel ein wenig zur Seite. Die Handtasche fiel heraus. Sie war verschlossen. Matthias griff danach und öffnete sie. Gedankenverloren wühlte er darin. Er berührte den Schlüsselbund mit dem Talisman. Den Lippenstift. Die Puderdose. Die zwei Büroklammern.

Wozu hatte Olivia Büroklammern gebraucht?

Früher hatte sie damit den Reißverschluss an ihren viel zu engen Hosen fixiert. Matthias erinnerte sich, wie sie mit dem inneren Ende durch den Schlitten des Reißverschlusses gefahren war und mit dem gebogenen Oberteil den Knopf umfasst hatte. Sie hatte ihn gebeten, ihr dabei behilflich zu sein, als sie sich entweder auf das Bett oder flach auf den Boden legte. Er hatte ihr die Hüfte zusammenpressen müssen, damit sie den Rips hochziehen und ihn schließen konnte. Manchmal hatte er Angst gehabt, die enge Hose könnte ihr das Blut in den Beinen stauen. Aber seine Furcht war beseitigt worden, sobald sie aufstand und ihm ihre Beweglichkeit vorführte. Olivia hatte viele solcher Marotten gehabt.

Sie hatten sie einzigartig gemacht.

Des Weiteren kam eine Uhr zum Vorschein. Die Golduhr, die Matthias Olivia zu ihrem dreißigsten Geburtstag geschenkt hatte. Das Armband hatte der Hitze standgehalten. Es war nur ein wenig angesengt. Das Zifferblatt hingegen hatte arg gelitten. Der kleine Zeiger stand zwischen zwölf und eins, der große auf der Sechs.

Matthias schaute Häfliger an. »Die Todeszeit?«

»Das ist anzunehmen.«

Olivia wäre demnach pünktlich bei ihm zu Hause gewesen.

»Haben Sie keinen Ring gefunden?« Matthias reckte den Hals und sah in den Karton. Der Ring steckte in einer Plastiktüte. Auch er war fast unversehrt. Ein goldenes Schmuckstück, das einzige, das Olivia an ihrem Finger getragen hatte.

Das Zeugnis einer nie endenden Liebe.

Der stumme Zeuge des Unfalls.

Matthias schluckte den Kloß herunter, der ins Unermessliche wuchs. Er nahm die Tüte und ließ den Ring in seine Hand fallen. Häfligers fragende Blicke ignorierte er, als er das kühle Gold zu seinem Mund führte und es auf seine Lippen drückte. Als wäre es ein Abschiednehmen, atmete er tief ein, mit dem Glauben, eine kleine Spur von Olivias Geruch in sich aufnehmen zu können. An dem kleinen Metall. Ich bin verrückt, dachte er.

Aber nur so war der Schmerz in seiner Brust zu ertragen.

Und immer wieder die Gedanken an Olivia.

Wenn Matthias die Augen schloss, kehrten Erinnerungen zurück, und alles Gegenwärtige rückte in eine weite Ferne. Zeitlupengleich, als würde es irgendwo auseinanderfallen, verzetteln, als Nebel entschweben, bruchstückhaft in seinem Kopf für Unordnung sorgen.

Seine Sinne fuhren Karussell. Immer schneller. Höher.

Gefährlicher. In ein Gefühlschaos, das er nicht mehr steuern konnte. Irgendwann, so dachte er, würde der Absturz kommen. Er legte den Ring zurück auf den Tisch.

Olivia war die Einzige, die ihn verstanden hatte.

Überhaupt war sie eine einfühlsame Frau gewesen, schön und klug zugleich. Matthias hatte sie geliebt wie am ersten Tag ihrer Begegnung. Sie war sein Gegenstück, seine Polarität, die Waage im seelischen wie im physischen Bereich.

Ohne sie war alles nichts.

Die Heirat vor zwei Jahrzehnten war das Siegel einer tiefen, anhaltenden Beziehung gewesen, begleitet von innigster Liebe und Respekt einander gegenüber, Ausdruck ihrer unverrückbaren Verbindung, welche durch die Geburt ihres ersten Sohnes ihren Anfang genommen hatte.

In diese Geborgenheit hinein hatten sie Marie bekommen.

»Wie lange muss ich auf Ihre Auswertung warten?« Matthias räusperte sich.

Häfliger tat so, als überhörte er seine Frage. »Wann haben Sie Ihre Frau vermisst?«, fragte er an dieser Stelle.

Matthias antwortete nicht sofort. Er stierte auf seine Hand, an der sich das Gegenstück zu Olivias Ring befand. Er hätte niemals einen Ring getragen. Es war Olivia, die darauf bestanden hatte. Der Ring als Symbol der unendlichen Liebe. Ein Stück Gold ohne Anfang und ohne Ende.

Ihre Liebe hatte einen Anfang gehabt.

Und jetzt hatte sie jäh ein Ende genommen.

»Ich habe sie nicht vermisst«, sagte er zögernd. »Ich habe geschlafen, bis Ihre Kollegen kamen.«

Ich habe sie immer vermisst, dachte er. Aber das wollte er so nicht sagen.

Er hatte sie morgens schon vermisst, wenn er ihr einen

letzten Kuss auf die geschlossenen Augen drückte, als Zeichen der Verbundenheit, bevor er hinaus in den Alltag fuhr.

Er vermisste sie bei den Vorträgen, wenn er innehielt, manchmal, um nach dem Wasserglas zu greifen. Wenn er Hunderte von Augenpaaren auf sich gerichtet sah. Junge Leute, die nach seinem Wissen lechzten. Die an seinen Lippen hingen, wenn er über sein eigenes bevorzugtes Thema sprach.

Er vermisste sie, wenn er auf dem Vorschiff stand und mit den Leuten im Maschinenraum sprach und das DS Schiller sicher über den See manövrierte. Sie fehlte ihm, wenn er an den Schiffsstationen anlegte.

Dann sah er sie. Ihre Augen. Ihre Ohren. Ihren Mund.

Olivia in allem.

Sie fehlte ihm bei der Mittagspause, wenn er allein das fade Menü verdrückte und an die kulinarischen Spezialitäten zu Hause dachte.

Er sehnte sich nach ihr auf dem Weg in die Stadt zum Quai und abends wieder zurück, weil sie dann nicht neben ihm war und ihn mit ihren Geschichten zum Lachen brachte.

»Hatte Ihre Frau eine Affäre?«

Häfligers Frage fühlte sich an wie ein stumpfer Schlag. Ein schmetternder, zerstörender Hieb in die Brust. Die Hitze, die aus Matthias' Poren schoss, war fast unerträglich. Nicht die Frage hatte ihn dermaßen schockiert, sondern vielmehr die Art und Weise, wie Häfliger sie gestellt hatte. Die Tatsache, dass dieser Polizist eins und eins zusammenzählte und ihn das brühwarm wissen ließ. Unmöglich, dass Olivia ihn betrogen hatte. Dies nur zu denken war schon verwerflich. Er hatte sie geliebt.

»Wir waren glücklich verheiratet.«

Sie hatte gezittert.

Er wusste, dass sie gezittert hatte, als sie ihn anrief. Sie war nicht bei Hannelore, wo war sie dann gewesen?

Hatte sie ihn angelogen? Und weshalb?

Häfliger blickte auf seine Akten, nickte, wartete.

»Finden Sie heraus, wie der Unfall passieren konnte!« Matthias bebte vor ohnmächtiger Wut.

Er wollte einfach aufstehen und den Raum verlassen. Wie wagte es ein Polizist, ihm eine solche Frage zu stellen?

»Wir haben die Nummern auf dem Mobiltelefon Ihrer Frau überprüft.«

Matthias ahnte, was als Nächstes kam. So wie Häfliger blickte, würde er jetzt etwas erfahren, was er selbst außer Betracht gelassen hatte. »Ich kenne die gespeicherten Nummern auf ihrem Mobiltelefon«, sagte er. Auch eine Art, sich der Wahrheit zu widersetzen. Innerlich fühlte er sich nicht mehr so sicher. Hatte er sie wirklich gekannt?

»Wir kennen auch die Nummer von Hannelore Bongartz. Wir haben mit ihr gesprochen.«

»Ich dachte, sie sei nicht im Land.«

Ein nicht sehr überzeugender Versuch, Häfliger aus der Ruhe zu bringen. Bevor Matthias den Satz ausgesprochen hatte, bemerkte er, wie wenig er von Hannelores Omnipräsenz wusste, wie allgegenwärtig sie war, selbst dann, wenn er sie nicht in Olivias Nähe sah. Dass er nicht auch darauf gekommen war. Er hätte sie noch einmal anrufen und mit ihr über Olivia reden sollen.

Häfliger war ihm zuvorgekommen. Was hatte er erfahren? Wusste er etwas, wovon er selbst keine Ahnung hatte? Er musste Hannelore sehen.

»Was hat sie gesagt?«

»Sie widerlegte lediglich Ihre Aussage, dass Ihre Frau an besagtem Abend bei ihr gewesen sei.«

»Hat sie erwähnt, wo sich meine Frau befunden hat?«

Häfliger schwieg.

Es war anzunehmen, dass sie es gewusst hatte. Freundinnen kennen ihre Geheimnisse, obwohl Hannelore so getan hatte, als hätte sie von nichts eine Ahnung. Matthias war sicher, sie hatte ihn angelogen. Was verschwieg sie ihm? Er ließ sich nicht anmerken, wie aufgewühlt er war. Er nahm sich vor, Hannelore zur Rede zu stellen. Er würde sie aufspüren, wo immer sie sich befand. Wie ein Jagdhund ein Reh auf der gewitterten Fährte.

Und wenn er hinfliegen müsste, um sie zu treffen.

»Hatte Ihre Frau Feinde?«

Höchstens Neider, dachte Matthias. Wieder eine Frage, deren Sinn und Zweck er nicht verstand. Stereotype Fragen, nahm er an. Ein Katalog, in welchem sie der Reihe nach aufgeführt waren, damit nichts vergessen, kein Detail ausgelassen wurde.

Er zog Parallelen zu seinem Beruf. Mit der Zeit, musste er sich selbst zugestehen, wird alles zur Gewohnheit. Dennoch störte ihn Häfligers Vorgehen.

»Wenn Sie meine Frau gekannt hätten«, sagte er, »würden Sie mich nicht danach fragen. Aber vielleicht sagen Sie mir, weshalb an der Unfallstelle keine Bremsspuren zu sehen sind.« Matthias versuchte vom Wesentlichen abzulenken. Er war nicht bereit, über etwas zu sprechen, das er insgeheim leugnete. Olivia hatte keine Feinde gehabt. Niemals.

»Wir gehen davon aus, dass Ihre Frau am Steuer eingeschlafen ist«, sagte Häfliger. »Die Unterlagen aus der Rechtsmedizin belegen es nicht vollumfänglich. Ein Restrisiko, dass wir die Gründe nie erfahren werden, besteht.«

Matthias' Lachen war verächtlich. Er unterließ es, sich Gedanken darüber zu machen, obwohl er Häfliger gern provoziert hätte.

»Und ihr Beifahrer?«, fragte er trotzdem.

»Wir sprechen von Möglichkeiten«, antwortete Häfliger. »Der genaue Unfallhergang wird untersucht. Es kann ein paar Tage dauern, bis die Daten ausgewertet sind.«

Hatte er ihm nicht am Telefon mitgeteilt, sie hätten die ganze Nacht durchgearbeitet?

Matthias wusste, so würde er nie zum Ziel kommen. Er musste es selbst in die Hand nehmen, kostete es, was es wollte.

Was hatte er denn erwartet? Des Rätsels Lösung etwa? Matthias stand widerwillig auf.

Als er nach draußen ging, wusste er nicht, weshalb er überhaupt hierhergekommen war. Da war nichts so dringend, wie es Häfliger ihn hatte wissen lassen. Auf Spekulationen wollte er sich schon gar nicht einlassen.

Hannelore meldete sich nach zweimaligem Läuten.

Vorsorglich hatte Matthias anonym angerufen, weil er annehmen musste, sie könnte seine Nummer auf dem Display sehen.

Matthias glaubte zu wissen, dass die Frauen von Natur aus neugierig waren. Hannelore wahrte denn auch den Anstand, in der Leitung zu bleiben, als sie seinen Namen hörte.

»In der Zwischenzeit wirst du ja wissen, was geschehen ist.« Matthias versuchte, emotionslos zu tönen.

»Ich habe meine Arbeit abgebrochen«, sagte Hannelore mit weinerlicher Stimme.

Er hörte sie durchs Telefon schniefen.

»Und bin sofort nach Hause gefahren. Ich mache mir schreckliche Vorwürfe.«

Dazu hatte sie wohl allen Grund. Dass Olivia vielleicht noch am Leben gewesen wäre, wenn … Verzweifelt versuchte er, die eigenen Schuldgefühle auf sie abzuwälzen. Hannelore trug die Verantwortung. Sie hatte sich ihrer Zweisamkeit so oft in die Quere gestellt, dass sie jetzt die Konsequenzen tragen musste.

»Hanny hat angerufen. Sie braucht mich jetzt«, hörte er Olivia sagen. Sie war sofort zu ihr gegangen, wenn Hannelore so tat, als bräuchte sie ihre Freundin, und er hatte es akzeptiert. Er hatte diese Freundschaft immer als etwas Besonderes angesehen, weshalb er unmöglich hätte widersprechen mögen, schon der älteren Rechte wegen, die Hannelore für sich in Anspruch nahm.

Hanny hin und Hanny her. Matthias hatte sich damit abgefunden, dass es neben ihrer Liebe zwischen Mann und Frau eine platonische Liebe zwischen zwei Frauen geben könnte. Olivia hatte die Kraft und die Gabe besessen, überall zu sein, wenn auch bloß in Gedanken.

Sie war eine außergewöhnliche Frau gewesen.

Manchmal hatte er sie im Schlaf beobachtet. Nachts, wenn er wach lag und tausend Gedanken ihn beschäftigten. In Vollmondnächten warf der Mond das fahle Licht durch die Öffnungen der Rollläden und ließ ihr Gesicht in einem geheimnisvollen Schimmer leuchten. Die Nasenflügel, welche sich sanft bewegten im gleichmäßigen Rhythmus des Atmens. Halb geöffnete Lippen, die ihn zum Küssen animierten, was er jedoch sein ließ, weil er sie nur ansehen wollte. Stundenlang hätte er schauen mögen. Und nie wäre er auf falsche, hinterhältige Gedanken gekommen.

Nicht bei ihr.

»Ich werde dich morgen besuchen kommen«, sagte er jetzt. »Solltest du mich abwehren, werde ich die Tür einschlagen.« Er beendete den Anruf, bevor Hannelore etwas zu erwidern vermochte.

Der Unfallort zog ihn magisch an.

Bevor es Abend wurde, fuhr Matthias wieder dorthin. Einer inneren Eingebung folgend, die er im Bewusstsein bekämpfte. Obwohl er sie gar nicht zuließ, kam es ihm vor, als würde ein unsichtbarer Faden ihn zu der Stelle hinziehen.

Er parkte seinen Wagen in der Nähe und wanderte die Straße entlang bis zum Brückenpfeiler.

Die Blumen auf dem Boden sah er heute zum ersten Mal. Ein Bund sorgfältig ineinandergesteckter Sonnenblumen, vermischt mit bunten Astern und roten Dahlien. Sie lagen unweit der angesengten Stelle. Ein Strauß mit einer Schleife, auf der etwas hingekritzelt war, welches Matthias zu entziffern versuchte. Nur den Namen konnte er lesen. »Sabine«.

Das waren Fakten, die ihm eine Richtung wiesen. Nichts ist Zufall. Alles ist berechenbar. Eine Handlung, die ihm eine weitere Tür öffnete. Einen neuen Weg erschuf. Ob er ihn in einen Irrgarten führte oder nicht, hing davon ab, wie er mit dieser Botschaft umging.

Wer war Sabine?

Er kniete sich auf den Boden. Dieser war feucht und roch nach Moder. Der Tod riecht nicht anders, dachte er und hob den Blumenstrauß auf, in der Hoffnung, etwas darunter zu finden, was ihn weiterbrächte. Es gab keine Vase. Kein Seidenpapier, keine Zeitung, mit Wasser durchtränkt. Keinen Anhaltspunkt. Nichts. Nur gebundenes Gelb mit bunten Einsprengseln durchzogen. Farbtupfer im dunklen Hintergrund der Mauer wie ein ironisches Grinsen auf dem Schauplatz der Hölle.

Und auf der Schlaufe stand »Sabine«.

Der Beifahrer war ein Mann. Häfliger war sehr sicher in seiner Aussage gewesen.

Ein Mann. Ein Fremder, der in diesem Moment zumindest ein Gesicht bekam. Augen. Eine Nase. Einen Mund. Unkenntlich nur. Der Mann hatte vielleicht eine Frau. Eine Sabine, die sich in der gleichen traurigen Lage befand wie Matthias. Auch sie weinte. Bangte. Und verstand die Welt nicht mehr. Stand vielleicht an einem Abgrund, hin- und hergerissen und war sich nicht klar, ob sie springen sollte, weil ohne den anderen nichts mehr ging. Trostlos jetzt. Grau. Eine fahle Herbstsonne, in der das Gelb der Blumen versank und nicht mehr leuchtete oder wärmte.

War Sabine die Frau des anderen?

Matthias seufzte und erhob sich wieder. Eine Weile schaute er den Blumenstrauß an.

»Auf dem Weg zur Wahrheitsfindung begegnest du immer irgendwelchen Zeichen.« Irgendjemand hatte das einmal behauptet. Matthias hatte nur den Kopf geschüttelt, gelächelt und es als Humbug abgetan. Er sah das nüchterner. Für ihn war es Geometrie.

Alles, so dachte er, hat seinen Sinn. Auch rational gesehen.

Er wartete. Stand da und überlegte. Autos fuhren an ihm vorbei. Gemäßigt. Oder viel zu schnell. Gefährlich nahe. Der Sog, der hinter den Wagen einherging, streifte unangenehm sein Gesicht. Manchmal sah er einen Kopf schemenhaft hinter der Windschutzscheibe. Eine Grimasse. Ein Kopfschütteln. Vielleicht verdrehten sie die Augen, diese Menschen, die nur seine Gestalt am Brückenpfeiler wahrnahmen. Eine lächerliche Figur im dunklen Regenmantel, die von Zeit zu Zeit niederkniete und die Blumen auf dem Gras betrachtete. Ein Spinner, der nach Würmern suchte. Ein Aussteiger vielleicht.

Seine Gedanken sahen sie nicht. Das aufgewühlte Innere. Die tausend Fragen, die ihn durchbohrten. Einmal hielt jemand an und fragte ihn, ob er ihn mitnehmen solle. Matthias schätzte ihn in seinem Alter. Ein Jüngerer hätte ihn wohl kaum beachtet, eine Frau schon gar nicht. Man las zu viel über das Los von Anhaltern. Die Leute waren vorsichtiger geworden. Man traute dem andern nicht mehr über den Weg. Es gab zu viele Kriminelle auf dieser Welt. Alle trugen sie ein Messer unter dem Hemd. Eine Pistole. Eine Bombe. Irgend etwas, was verletzte. Tötete.

Matthias lehnte sich an die Mauer. Es war kühler geworden. Der Wind wehte aus dem Norden. Herbst aus dem Polarkreis. Erneut kam Nebel auf, wand sich gespenstisch um die Brücke, tauchte das Grün der Wiesen in ein mattes, verwaschenes Grau. Diffuses Licht am Spätnachmittag. Später setzte wieder Nieselregen ein.

Er stand viel zu lange da und fragte sich, weshalb er sich so schlecht fühlte. Er hatte keine Energie mehr. Die Kraft war aus ihm gewichen. Als hätte sie jemand aus ihm gezogen, durch die Beine in den Boden hinein.

Als der Regen fiel, weinte er.

Am Abend kehrte er zurück in ein leeres Haus.

Die Fenster starrten dunkel und unheimlich auf den Weg herunter. Hinter der Tür nahm ihn gleich eine Traurigkeit gefangen, die er so nicht gekannt hatte. Er empfand etwas Fremdes, Feindseliges im Gemäuer. Tausend Augen, die ihn anstarrten. Oder nur eines.

Ein Zyklop.

Matthias ging in die Küche und fand das Geschirr, das er am Morgen benutzt hatte, im Spülbecken vor, eine Fliege, die sich in den Fettrückständen wälzte. Die letzte in diesem Jahr wahrscheinlich. Olivia hätte diese Unordentlichkeit nie zugelassen.

Im Schlafzimmer sah es genauso unaufgeräumt aus. Zerwühlte Laken. Kleider auf dem Boden. Er hatte vergessen, seine Hose in Falten an den Bügel zu hängen.

Olivia fehlte ihm.

Er schritt ins Wohnzimmer, schaute zum Kamin, über dessen Bord das weiße Viereck aus der Wand stach. Das Bild hing nicht oben. Hätte es da gehangen, es hätte ihn nicht erschreckt.

Er ignorierte das Klingeln des Telefons. Matthias rechnete damit, die Nachricht um den Tod seiner Frau könnte bereits die Runde gemacht haben. Er wollte jedoch auf die zahlreichen Beileidsbekundungen verzichten. Er hätte sowieso an deren Ehrlichkeit gezweifelt. Die Neugier war es doch, die sie antrieb, sich an seinem Leid zu ergötzen. Sie hätten ihn durchbohrt mit ihren Fragen. Hätten ihn angesehen und sich gewundert, wie er, der überlegene Schiffskapitän und Dozent, zu einem hilflosen Geschöpf mutierte. Zu einem Schatten seiner selbst.

Erst spät abends machte sich Matthias auf den Weg zu Hannelore. Er hatte sich von ihr den Weg beschreiben lassen, als er sie kurz vor dem Wegfahren angerufen hatte. Sie war nicht sehr erfreut gewesen, ihn zu so später Stunde empfangen zu müssen. Matthias aber versicherte ihr, er könne nicht schlafen, geschweige denn Ruhe finden, bis er mit ihr gesprochen hatte. Hannelore tat so, als würde sie ihn verstehen. Er wusste, dass sie ihm nur einen Gefallen tat.

Sie hatte sich die Haare schneiden lassen und dunkler gefärbt.

Unter etwas anderen Umständen hätte ihr Matthias gesagt, wie viel vorteilhafter sie damit aussah.

»Wir haben uns lange nicht mehr getroffen«, sagte er

stattdessen und wartete, bis Hannelore den Weg in ihr Appartement frei machte.

»Ich habe nie ein Bedürfnis danach verspürt.«

Er hatte keine andere Antwort von ihr erwartet. Er fragte sich, was Olivia bloß an ihr gefunden hatte.

Das Wohnzimmer spiegelte das Grobschlächtige dieser Frau wider. Alles war zwar in einem tadellosen Zustand gehalten. Dennoch wirkte es kalt. Die Möbel waren auf ein Minimum beschränkt. Es gab ein Sofa, zwei Sessel, einen Tisch, einen Schrank. Matthias tippte auf Designermöbel. Irgendwie musste sie ihr Erspartes ausgeben. Er wusste, dass sie gut verdiente.

Eine langhalsige Vase, aus der eine langstielige Orchidee wuchs, war das einzig vorhandene Schmuckstück.

Hannelore war freie Auslandkorrespondentin und immer auf dem Sprung. Das behauptete sie jedenfalls. Sie reiste rund um den Globus und arbeitete da, wo sich die Politiker trafen. Sie boxte sich durch eine Männerdomäne und steckte die Nase in Dinge, von denen ihre Konkurrenten nur träumten. Ihre Artikel, die Matthias mit Interesse las, weil sie in Kürze das aussagten, was er wissen musste, waren scharfzüngig und exakt recherchiert. Ohne Schnickschnack und Wortklauberei. Hannelore sei mit Auszeichnungen geradezu torpediert worden, hatte Olivia gesagt. In Insiderkreisen nannte man sie die Kometenreporterin, weil sie schnell auftauchte und ebenso rasch wieder verglühte. Zurück ließ sie nur ihre untrüglichen Spuren. Knallharte Artikel, in denen sie weder ein Blatt vor den Mund nahm noch die Situation beschönigte. Sie machte gefährliche Gratwanderungen, doch sie blieb immer im Rahmen des Legalen. Unanfechtbar. Die Medien buhlten um sie. Es habe Verleger gegeben, die sich vergebens um sie bemühten, sie überredeten, ihr Wissen in

Form eines Buches zu veröffentlichen. Hannelore schien es nicht nötig zu haben.

»Setz dich«, sagte sie. »Etwas zu trinken? Ich kann dir Wein anbieten. Ich habe welchen offen.« Sie gab zu, eine Flasche Roten geöffnet zu haben, als sie von Olivias Tod erfahren hatte. »Ich bin dafür, dass man sein Elend im Suff ertränkt.«

Dass sie litt, zeigte sich in ihren Tränen. Sie wischte sie beschämt weg. Raffte sich auf. Streckte den Rücken durch.

Matthias fand nicht heraus, was sich hinter der Fassade der versteinerten Miene befand, die sie jetzt aufsetzte. Er sprach sie auf ihre Behauptung an, Olivia seit einer geraumen Zeit nicht mehr gesehen zu haben.

Hannelore stieß die Luft aus. »Wir hatten Differenzen, weswegen ich mir heute gewaltige Vorwürfe mache ... Daraufhin machte sie sich rar. Ich dachte, dass sie zu Hause sei, und habe nicht danach gefragt.«

»Wo hätte sie denn sein können?« Matthias glaubte zu wissen, dass es Hannelore wusste.

Sie erwiderte nichts. Stattdessen holte sie zwei Gläser aus dem Schrank, stellte sie vor ihm auf den Tisch und goss den Rotwein ein. »Den wirst du jetzt nötig haben.«

Sie wartete, bis er sein Glas ausgetrunken hatte, und goss nochmals nach.

»Ich habe Olivia verloren«, sagte er. »Es gibt nichts, was mich mehr schockieren könnte.«

»Bist du dir so sicher?«

Er sah sie betrübt an. Plötzlich war er seiner Sache nicht mehr sicher. Er wehrte sich dagegen. »Ich habe sie abgöttisch geliebt.«

»Hast du dir auch schon einmal die Frage gestellt, ob sie *dich* geliebt hat?«

Jetzt drang die Reporterin durch. Frage um Frage, denen er nicht ausweichen konnte. Matthias im Kreuzverhör. Matthias auf dem Weg in die Sackgasse.

»Bist du sicher, dass Olivia glücklich war mit dir?«

Sieben

Er geriet in ihre Fänge. In dieses perfide Netz, aus dem man ohne fremde Hilfe nicht mehr herauskommt. Wie ein zappelnder Fisch, dem die letzte Stunde geschlagen hat. Er war verloren. Und fühlte sich ertappt. Hannelore starrte ihn an mit ihren stechenden Augen. Sie brannte sich ein wie ein Stempel, ein Mahnmal in seine Seele.

Er fand keine Worte, um die Wucht ihrer Fragen aufzuheben oder zumindest zu mildern. Er glaubte, mit den Politikern mitfühlen zu können, die ihren Hieben ausgesetzt waren, während Hannelore ihre Standhaftigkeit auf die Probe stellte.

Sie war eine Hexe.

»Hast du dir je Gedanken darüber gemacht, sie könnte nicht einverstanden damit sein, dass du Rolf und Marc nach Übersee schickst? War dir Olivias Meinung auch wichtig, oder hast du nur deinen sturen Kopf durchgesetzt?«

Musste er sich jetzt damit auseinandersetzen? Er sträubte sich. Olivia war tot und er in Trauer um sie. »Willst du damit sagen, dass ich sie in den Tod getrieben habe?«

»Ich glaube nicht, mich derart ausgedrückt zu haben.«

Hannelore nippte an ihrem Glas, während er schon das dritte ausgetrunken hatte. Bald waren die Grenzen überschritten. Bald würde sich seine Zunge wie von allein lösen und Dinge aussprechen, die er so nicht aussprechen wollte.

Er war hierhergekommen, um von Hannelore zu erfahren, was sie von Olivia wusste. In diesem Augenblick wurde ihm klar, er hatte seine Frau nicht so gekannt, wie er sich das immer vorgestellt hatte. Es gab plötzlich dunkle Winkel. Geheime Abgründe. Die Schattenseite ihrer Frohnatur. Matthias wurde schwindlig. Hatte ihm Olivias Tod eine nie gekannte Tür geöffnet? War er jetzt gezwungen, dahinterzusehen, was immer sich dort verbarg? »Worum ging es denn bei eurem Streit?« Seine Frage. Der Schritt vorwärts auf das vermeintlich Feindliche zu. Ein Gegenschlag.

Hannelore war nicht gefasst.

Er sah ihr an, wie sie Mühe hatte, eine korrekte Antwort zu geben. Ihre Augen funkelten und rollten. Ihre Mundwinkel bebten. Wovor fürchtete sie sich?

»Olivia ist nicht allein gefahren. Weißt du, mit wem sie so spät unterwegs gewesen sein könnte?«

»Ich weiß es nicht.«

Und er glaubte es ihr nicht. Er erhob sich. »Warum verschweigst du mir die Wahrheit?«

»Weil ich sie nicht kenne.« Hannelore hatte ihre Augenlider gesenkt.

Er war nicht unfroh, zumal er ihrem Blick nicht hätte standhalten können. »Ist dir der Name Sabine bekannt?«

Sie schaute auf und schüttelte heftig den Kopf. »Müsste ich sie kennen?«

Hatte er nicht eine kleine Unsicherheit festgestellt? »Sie ist die Frau des getöteten Beifahrers.«

Hannelores Verblüffung war echt. Sie stellte ihr Weinglas so heftig auf den Tisch, dass es kippte und die rote Flüssigkeit sich über die Kante auf den Boden ergoss. »Kennst du seinen Namen?«

»Den wollte ich von dir hören.«

Sie holte ein Tuch und wischte damit den Rotweinfleck weg.

Die Antwort fiel aus, weil Matthias' Mobiltelefon

summte. Er griff danach, froh, sich an etwas festhalten zu können. Rolf meldete sich. Matthias schaute Hannelore an, worauf sie sich von ihm entfernte. Er schätzte ihre taktvolle Art, die er ihr gar nicht zugetraut hatte.

»Wir stehen vor deiner Tür und können nicht hinein.« Rolf tönte nicht sehr erfreut, was Matthias nachvollziehen konnte.

Er hatte seine Söhne vergessen. »Ich wusste nicht, dass ihr so bald da seid.«

Rolf schwieg.

Matthias schämte sich. »Ich werde mich gleich auf den Weg machen.« Er erinnerte sich nicht daran, mit Rolf jemals ein Verhältnis gepflegt zu haben, das über eine Vater-Sohn-Beziehung hinausgegangen wäre. Nie gab es irgendwelche Diskussionen, woraus Matthias hätte schließen können, sein Ältester interessiere sich für ihn. Er lebte genau wie er in seiner eigenen Welt. Verschloss sich gegen ihn. Hielt ihm vielleicht einen Spiegel vor, in dem er sich selbst zu sehen glaubte. Möglicherweise hatte er mit dem Studienplatz in Übersee genau das Gegenteil von dem bewirkt, was er für seine Söhne wollte. Wenn er sie losließ, würden sie zu ihm zurückkommen, hatte er gedacht. Dass sie die weite Entfernung von zu Hause zu ihrem Ausbildungsort als eine Art Wegschicken ansahen, das wäre ihm nie im Traum eingefallen. Bis zu diesem Augenblick, in dem er feststellen musste, wie fremd ihm sein eigener Sohn war. Nachdenklich beendete er das Gespräch.

»Wir werden da fortfahren, wo wir aufgehört haben«, sagte Matthias.

Hannelore war zurückgekommen und goss sich nochmals Rotwein ein. »Tue, was du nicht lassen kannst.« Sie lächelte eigentümlich. »Du wirst nicht darum herumkommen, auch wenn die Wahrheit schmerzt.«

»Die Wahrheit. Die Wahrheit. Sie besteht wohl darin, dass ich zwei Söhne habe, die jetzt vor der Tür warten und nicht ins Haus hineingehen können, obwohl sie da fast ein ganzes Leben gelebt haben. Ich schließe sie aus, weil ich meinen Kopf verliere. Ich lasse sie einfach hängen, obwohl ich weiß, dass sie eine lange Reise hinter sich haben und jetzt müde sind.«

Matthias fuhr schneller, als ihm der Verstand erlaubte. Es war dunkel und feucht. Das Licht der Scheinwerfer prallte auf eine graue Nebelwand, die ein Ausleuchten der Straße verhinderte. Matthias versuchte nachzuvollziehen, was in der Unfallnacht geschehen war. Immer wieder ließ er die Fahrt auf der Geraden bei der Zufahrt Revue passieren. Er stellte sich Olivia vor, wie angestrengt sie hatte blicken müssen, weil sie sich vielleicht in derselben Lage befunden hatte wie gerade er. Hatte sie die Orientierung verloren? Warum hatte ihr Beifahrer nicht reagiert?

Nie wäre sie einfach so in einen Brückenpfeiler gefahren.

Nicht ohne Fremdeinwirkung.

Oder doch?

Er zweifelte plötzlich an der seriösen Arbeit der Polizei. Vielleicht hatte sie tatsächlich vergessen, wichtige Details in Betracht zu ziehen. Für sie war es ein Autounfall mit tödlichem Ausgang. Ein Selbstverschulden, das versicherungstechnisch einiges an Arbeit mit sich ziehen würde. Er wollte nicht daran denken.

Vor seinem Haus brannte eine Lampe. Im gelben Kegel erkannte er Rolf und Marc, die auf und ab gingen, zwei Tiger hinter der Umzäunung. Magere Figuren, welche durch ihre leicht gebückte Haltung den Zustand ihrer Seele nach außen kehrten. Matthias fröstelte. Er hatte seine Söhne seit bald einem Jahr nicht mehr gesehen. An Weihnachten waren sie zum letzten Mal in seinem Haus gewesen. Weihnachten, dachte er, das sind Tage, an denen die Nerven blank liegen. Nie wurde bei ihnen mehr diskutiert und gestritten als in dieser Zeit. Der eigentliche Sinn des Festes, einander in Zufriedenheit und Liebe zu begegnen, versickerte vor allem bei den Kindern im Sand. Sie stellten Ansprüche, die sie über den Rest des Jahres zurückhalten mussten. Plötzlich wurden die drei zu harten Konkurrenten, jeder mit seinem individuellen Argument, dass er in der Familie zu kurz gekommen sei.

Matthias hielt an. Er stellte den Motor ab und stieg langsam aus. Er wusste nicht, ob er seinen Söhnen in die Augen schauen konnte, ohne in Tränen auszubrechen. Sie hatten ihre Mutter verehrt und hatten ihr nahegestanden. Olivia hatte die begnadete Gabe gehabt, was er von sich nicht behaupten konnte, über andere Dinge zu reden als nur über beweisbare. Schon als die Kinder klein waren, hatte sie ihnen von mystischen Ereignissen, von verzauberten Menschen, von Engeln und Lichtgestalten erzählt. Matthias hatte dies immer mit einem Lächeln quittiert.

Kinder glauben an Märchen.

Im Grunde genommen sind sie ein Gleichnis für die wahren Dinge des Lebens.

Aber noch Jahre später, als seine Kinder den Babyschuhen bereits entwachsen waren, beschäftigten sie sich mit Absonderlichem. Und Olivia tat so, als glaubte sie umso mehr ihre eigenen erfundenen Geschichten, je überzeugter sie klangen.

Offenbar wollte der Mensch die Wahrheit nicht hören.

Dann wiederum begriff er es.

Die Wahrheit war nicht zu ertragen.

So wie der Tod nicht zu ertragen war. Die Endgültigkeit.

Die Vorstellung des absoluten Nichts. Was es hieß, wenn das Herz aufhörte zu schlagen und der letzte Atemzug getan war. Dass es für immer vorbei war.

Dann glaubte Matthias, die Menschen zu verstehen, die sich in der Kraft der Religion oder in einer Gruppe Trost holten und an ein Weiterleben nach dem Tod glaubten. Sie hielten sich verkrampft an dieser Meinung fest, weil sie das Endgültige nicht zulassen, nicht begreifen wollten.

Wenn er nur lange genug daran dachte, dass Olivia irgendwo zwischen Himmel und Erde noch existierte, wenn er ihre Energie akzeptierte, fühlte er sich gelöster und weniger traurig.

Das war des Rätsels Lösung.

Warum sollte man die Wahrheit nicht verdrängen, wenn das Unwahrscheinliche erträglicher war?

Marc war der Erste, der auf ihn zukam. Er ist erwachsen geworden, dachte Matthias. Ein schöner Mann, was er in seiner Jugend nie gewesen war. Sie umarmten sich wortlos. Es gab Momente, wo Worte unangebracht waren. Und das Schweigen manchmal mehr aussagte.

Matthias weinte und schämte sich nicht dafür. Seine Söhne sollten nur spüren, wie nahe ihm der Tod ihrer Mutter ging. Wie unbegreiflich der Verlust für ihn war.

Wenn er je einmal ein Gefühl ihnen gegenüber verheimlicht hatte, jetzt wurde es entlarvt.

Vielleicht war es in diesem Moment schon zu spät.

Sie gingen gemeinsam ins Haus.

Matthias traute sich auch nicht zu fragen, ob sich ihre Mutter hinsichtlich der Donnerstagabende ihnen gegenüber geäußert hatte. Obwohl er annehmen musste, Olivia hätte ein Bedürfnis verspürt, ihre Probleme loszuwerden oder zumindest darüber zu sprechen. Sie hatte sich nicht mehr mit ihrer Freundin getroffen. Wem hatte sie ihre Geheimnisse dann anvertraut?

Hatte sie am Ende …? Nein, wie abtrünnig und widerwärtig, dies von ihr zu denken. Er hätte seine Hände für ihre Unschuld ins Feuer gelegt.

Und Sabine war womöglich der lebendige Beweis dafür, dass da nie irgendetwas gewesen war.

Er musste diese Frau finden.

Die Frau des anderen.

Matthias holte eine Flasche Wein aus seinem Keller. Er hätte sie auch allein getrunken.

Marc fand ein paar Worte, um die bedrückte Stimmung aufzulockern. Er erinnerte sich an den ersten Schultag, an die Znüni-Box, die Olivia für sie vorbereitet hatte, jeden Tag mit einem anderen Gruß versehen, mit einem Zitat, das ihnen den Tag versüßte.

Erst im Nachhinein konnte auch Marc seine Tränen nicht mehr zurückhalten. Das hatte Matthias davon, der ihnen Sensibilität immer als eine Stärke dargestellt hatte. Dass Männer auch das Recht hatten, ihre Gefühle zu zeigen. Jetzt war es ihm peinlich, zumal auch Rolf anfing, sein heulendes Elend nach außen zu kehren. Tränen rannen ihm über Wangen und Kinn.

Es dauerte eine Weile, bis sie sich beruhigt hatten. Rolf erhob sich und nahm Olivias Bild vom Kaminsims. Er brachte es an der Wand darüber an und blickte lange darauf. Matthias, der den Vorfall des Morgens verschwieg, wartete ab, was geschehen würde. Vielleicht wurde er Zeuge von einem unerklärlichen Phänomen. Er wartete und starrte wie gebannt auf das Bild, das sich jedoch um keinen Zentimeter bewege. Es hing da, wie es Jahre zuvor gehangen hatte.

Trotz Sturm oder Erdbeben.

Matthias fragte sich, ob er das seltsame Ereignis als Vorwand für ein einleitendes Gespräch unter sechs Augen verwenden wollte. Seine Söhne würden seinen Gesinnungswandel wohl nicht nachvollziehen können, aber endlich mit ihm reden.

Er konnte sich nicht dazu überwinden.

Sie saßen weiterhin wortlos da. Matthias trank den Wein. Rolf stierte vor sich hin. Marc schlief ein.

Ich könnte ihn jetzt zudecken, dachte Matthias. Er hatte es früher immer getan, wenn eines seiner Kinder im Wohnzimmer eingeschlafen war. Dann hatte er ein tiefes Bedürfnis verspürt, sie mit einer Decke zu wärmen und ihnen Geborgenheit zu geben.

Er brachte es nicht fertig. Seine Beine versagten. Die Kraft verließ ihn. Er fühlte sich elend. Alles, was er meinte zu tun, dachte er nur. Es war wie ein Traum, in den er allmählich glitt. Etwas Verschwommenes, von dessen Existenz er Bruchstücke in die Realität zu retten versuchte. Ein Hin- und Herreißen. Auf- und Abtauchen. Er hatte den Wunsch, einen Moment einfach laut herauszulachen, der Situation wegen, in der er sich vermeintlich wiederfand. Ihm schien es, als würde er daraus erwachen und unter einem blühenden Baum im Frühling stehen, neben Olivia, und nicht in dem unheimlichen Gebrause vor dem Fenster drinnen. Und draußen, wo der Herbst begann.

Seine Söhne waren da und er schwieg. Er hatte viel zu sagen, aber seine Stimme versagte.

Es war noch früh, als Matthias zur Unfallstelle zurückkehrte. Sein Kopf war schwer von den Dingen, die ihn beschäftigten. Ein klärendes Gespräch unter drei Männern wäre vonnöten gewesen, doch er wich dem bewusst aus. Nichts brauchte er jetzt so sehr wie das Alleinsein. Er meinte, die Leere irgendeinmal überlisten und klaren Gedanken Platz schaffen zu können, wenn die Zeit es erforderte. Sein Inneres war zu wund und zu kraftlos; er hatte nicht einmal mehr Tränen.

Die gelben Blätter der Sonnenblumen stachen durch einen Vorhang von Nieselregen. Nebelschleier. Herbstwindwetter. Ein Aushauchen des Sommers. Ein Sterben. Der Tod. Olivia hatte einen passenden Zeitpunkt gewählt, um aus diesem Leben zu gehen.

Nichts ist Zufall.

Matthias kauerte sich auf den Boden neben die Blumen und betrachtete die Schlaufe, als fände er die Antwort auf seine Fragen in dem Namen darauf. »Sabine«. Nichts hatte sich verändert. Er wusste, dass er bei klarem Verstand war und die Dinge wirklich geschahen.

Aber er funktionierte nicht mehr.

Er lief nicht mehr so wie die Maschine, die man mit einem Knopfdruck in Betrieb nimmt. Er stotterte bloß, einem Motor gleich, ohne Treibstoff. Ein letztes Rütteln. Aufstöhnen. Zittern.

Ein Zucken, bis auch das erstarb.

Als er wieder zu sich kam, stand eine Frau neben ihm. Zuerst hatte er nur ihre Schuhe wahrgenommen. Feste Halbschuhe am Abschluss zweier Hosenbeine. Er blickte langsam in die Höhe, furchtsam, gehetzt wie ein wildes Tier, mit der Vorahnung, dass er die Dinge nicht so sah, wie sie waren, oder die Dinge sich ihm nicht so zeigten, wie er sie hätte sehen wollen. Vielleicht träumte er wieder.

Olivia?

Die Frau war echt, denn sie war ihm fremd.

Matthias kam besser auf die Beine, als er gemeint hatte. Er fuhr sich mit beiden Händen über den Regenmantel, glättete die Falten. Dabei blickte er die Fremde an, als käme sie von einem anderen Planeten.

Sie war in Schwarz gekleidet. Nur das Gesicht stach fahl aus einem dunklen Haarschopf hervor. In ihren Augen lag schwere Melancholie. Er sah, sie hatte geweint. Er streckte die rechte Hand aus. »Sie müssen Sabine sein.« Eine leise Ahnung, dass er damit auf dem richtigen Weg war.

Die Frau war jung. Matthias schätzte sie auf unter dreißig. Ihre schlanke Gestalt wurde von einem sich wölbenden Leib verfremdet.

»Ich bin Sabine Wicki«, sagte sie.

Matthias sah ihr an, dass sie gegen die Tränen ankämpfte. Er reichte ihr sein Taschentuch.

Sie nahm es dankbar an. Er beobachtete sie, während sie sich die Nase schnäuzte. Sie kam ihm ein bisschen wie Olivia vor, als sie jünger gewesen war. Er nannte seinen Namen und sah, dass sie nichts damit anzufangen wusste.

»Wir wollten nächsten Samstag heiraten.« Sie sprach dabei so leise, als hätte sie die Worte nur sich selbst gesagt.

Matthias hörte dennoch einen vorwurfsvollen Unterton heraus und wusste nicht, ob dieser gegen ihn gerichtet war. »Ich habe meine Frau verloren.« Es sollte tröstend klingen. Sabine die Gewissheit geben, dass sie nicht allein mit ihrem Schmerz war. Er hatte Gleiches zu tragen. War ebenso verzweifelt.

»Wie war sie?« Jetzt schaute sie ihm mitten ins Gesicht.

Schön. Edel. Sanftmütig. Intelligent. Kreativ. Die Mutter meiner Kinder. Die Frau, die ich liebte. Ein Engel auf Erden.

Matthias blieb stumm.

Er war dieser fremden Frau keine Rechenschaft schuldig. Trotzdem holte er zur Gegenfrage aus. »Was hatte Ihr Mann im Wagen meiner Frau zu suchen?«

Täuschte er sich, oder zuckte Sabine zusammen?

»Ich weiß es nicht. Er war unterwegs in dieser Nacht. Musste sich um ein krankes Mädchen kümmern. Ein Notfall. Mein Verlobter ist ... war Arzt.« Sie machte eine Pause. »Man hat seinen Wagen vor dem Haus dieser Familie gefunden.«

Wieder schossen tausend Gedanken durch seinen Kopf. Vielleicht war Olivia tatsächlich etwas zugestoßen. Sie war krank gewesen und brauchte Hilfe. Sie hatte den Notfalldienst angerufen. Man hatte den zuständigen Arzt hingeschickt. Doch Matthias erkannte keinen Zusammenhang. Ein Arzt hätte sie in seinem Wagen mitgenommen und wäre mit ihr in die Klinik oder in seine Praxis gefahren. Stattdessen war er in ihr Auto gestiegen.

Und war mit ihr in den Tod gerast.

»Als er am Morgen nicht zu Hause war, habe ich eine Vermisstenanzeige aufgegeben.« Sabine riss ihn in die Gegenwart zurück. Sie griff nach ihrer Handtasche, die sie über den Schultern trug, öffnete sie und entnahm ihr eine Fotografie.

Matthias griff danach und blickte verlegen hin. Der Mann auf dem Bild hätte Sabines Vater sein können. Er hatte sensible Gesichtszüge und angegrautes Haar, was ihn wahrscheinlich älter erscheinen ließ, als er in Wirklichkeit war.

»Das ist Holger.« Wieder schluchzte sie. »Holger van Essel, mein Verlobter und Vater meines ungeborenen Kindes.«

Ihre Aufrichtigkeit rührte Matthias. Doch die Situation machte es dadurch nur komplizierter.

Oder einfacher.

Die Tatsache, dass der Verunfallte Arzt gewesen war, Vater in spe und älter als Matthias, nahm ihm den inneren

Druck und befreite ihn von niederen Gefühlen. Und er war Sabines Verlobter gewesen.

Sie war krank, durchfuhr es ihn. Sie war todkrank und hat es mich nicht wissen lassen. Sie war so krank, dass sie daran verzweifelte und keinen Ausweg mehr wusste.

»Wie war sie?« Wieder Sabine.

»Ich glaube, sie war krank.« Er war nicht zufrieden mit dem, was er sagte. »... Und ich habe es nicht bemerkt.«

Sabine trat einen Schritt näher an ihn heran. »Es gibt Dinge zwischen Himmel ...«

Matthias unterbrach sie. Nein, nicht auch noch sie.

Es gibt nichts dazwischen, wollte er sagen. Schwieg jedoch. Wenn es etwas dazwischen gab, musste ihm Olivia den Beweis erbringen. Er dachte an ihr Bild, das zweimal hintereinander auf den Boden gefallen war. Hatte sie ihm ein Zeichen gegeben?

Er hatte bis jetzt keine Erklärung dafür gefunden. »Haben Sie schon gefrühstückt?« Er nahm Sabine sachte am Arm, so als könnte er sie mit seiner Berührung zu sehr erschrecken. Sie kam ihm vor wie ein Gespenst. Ihre Haut, die hell aus dem dunklen Gewand schimmerte, wirkte wie Porzellan. Er hatte ein tiefes Bedürfnis, sie zu trösten und seine Trauer hinter die ihre zu stellen. Ihr Zustand ließ keinen Schicksalsschlag zu, nicht in diesem Ausmaß.

»Ich kenne in der Nähe ein Hotel, das, soviel ich von früher weiß, um diese Zeit frische Brote im Restaurant serviert. Ich glaube, es würde Ihnen und mir guttun, uns bei einem Kaffee ein wenig aufzuwärmen.«

Sabine widersprach nicht.

Marc suchte ihn. Kaum hatte sich Matthias gesetzt, klingelte sein Mobiltelefon. Natürlich hatten sie sich Sorgen um ihn gemacht. Marc entschuldigte sich, weil er und Rolf so lange geschlafen hatten und ihn nicht aus dem Haus hatten gehen hören.

Matthias schlug vor, sich zum Mittagessen im Restaurant des Hotels zu treffen. Er habe einiges mit ihnen zu besprechen, was an einem neutralen Ort wohl einfacher sei. Er beendete das Gespräch.

Sabine saß neben ihm. Sie hatte den Mantel abgelegt. Erst jetzt sah Matthias ihre Üppigkeit. Den vollen Leib, den sie unter ihrem viel zu weiten Kleid nicht mehr verbergen konnte. Olivia hätte in dieser Situation bestimmt die passenden Worte gefunden. Er schwieg betreten und schaute sich nach dem Servierpersonal um.

Erst später, als der dampfende Kaffee auf dem Tisch stand und die frisch gebackenen Brötchen aus dem Korb dufteten, führten sie ihr Gespräch fort.

»Sind Sie mit den polizeilichen Ermittlungen zufrieden?« Er gab sich gleich selbst die Antwort. »Von mir kann ich es nicht behaupten. Es wird zu wenig getan.«

»Sie werden sicher verstehen, dass ich mich bis anhin nicht darum gekümmert habe«, sagte sie und senkte ihren Blick.

Matthias hätte sich am liebsten die Zunge abgebissen wegen seiner Taktlosigkeit. Er zögerte und nahm trotzdem Sabines Hand.

Sabine zog sie gleich verwirrt zurück. »Ich habe Holger geliebt.«

»Ich habe Olivia auch geliebt«, entgegnete er. »Und ich möchte nur eines: endlich erfahren, was in dieser Nacht tatsächlich geschehen ist.«

»Wenn Sie glauben, dass ich Ihnen da weiterhelfen kann, befinden Sie sich auf dem Holzweg.«

»Interessiert es Sie denn nicht?«

»Das würde Holger nicht wieder lebendig machen.«

Sabine schniefte. »Ich möchte ihn in guter Erinnerung haben.« Jetzt nahm sie von sich aus Matthias' Hand. »Ich möchte nicht geheime Türen öffnen, hinter denen es Dinge gibt, die wir nicht verstehen. Ich möchte auf keinen Fall etwas Böses aufwecken und heraufbeschwören. Ich werde Holgers Kind bekommen. Es soll auf der Sonnenseite zur Welt kommen und nicht …« Sie brach plötzlich in Tränen aus. »… und nicht unter einem dämonischen Einfluss.«

Großer Gott! Hatte er richtig gehört?

»Lassen wir den Toten ihren Frieden.« Sabine ließ seine Hand los, griff zur Tasse und führte sie zum Mund. Sie musste genauso durcheinander sein wie er. Nur äußerte sich dies auf eine beklemmende Art.

»Lassen wir den Toten ihre Ruhe«, wiederholte Matthias Sabines Worte. Er war vorsichtig geworden. Es war nicht einfach, sie davon zu überzeugen, ohne falsche Scham über ihren Verlobten sprechen zu können. »Im Grunde wollen wir doch beide dasselbe: die Erinnerung an unsere Verstorbenen behalten.« Er hielt inne. Er erkannte eine völlig neue Seite an sich. Nie zuvor war es seine Stärke gewesen, mit seinen Ansichten nachzugeben, seine Meinungen zu ändern oder sich auf einen Bildungsstand, wie er das soeben praktizierte, herunterzulassen. Sabine war vielleicht nicht so gescheit. Matthias versuchte sich anzupassen. »Erzählen Sie mir von ihm. Wie haben Sie ihn kennengelernt?« Wenn er ihr Zeit ließe, würde sie redseliger, dachte er.

Sabine starrte vor sich hin, als spräche sie nicht wirklich mit ihrem Gegenüber. Sie vertiefte sich in ihre eigenen Vorstellungen. »Ich hatte die berühmten Schmetterlinge im Bauch«, sagte sie. »Und das erst mit dreißig.« Sie blickte Matthias entsetzt an. »Was erzähle ich denn da?«

»Fahren Sie fort«, ermunterte er sie. Er war neugierig. Doch das gab er nicht zu.

»Er ist zwanzig Jahre älter als ich.« Sabines Stimme wurde leiser. »Aber bei ihm wusste ich von Anfang an, dass er der Richtige ist.«

Matthias nickte und schwieg.

»Er lebte in einer Beziehung.« Zum ersten Mal erschien so etwas wie ein Lächeln auf ihrem blassen Gesicht. »Aber ich wartete auf ihn. Vor sieben Monaten wurde ich schwanger.«

Matthias nickte wieder. Ihre Ehrlichkeit verblüffte ihn. Sie hat ihn mit einem Kind erpresst, ging ihm durch den Kopf, obwohl er von dieser Möglichkeit angesichts ihrer Naivität wieder absah. Nur raffinierte Frauen kamen seiner Meinung nach auf solche Ideen.

»Und, hat er sich scheiden lassen?«

»Er hat die Beziehung beendet.«

»So schnell?«

»Ich weiß nicht, wie schnell. Auf jeden Fall zog er schon bald darauf bei mir ein.«

Olivias Beifahrer hatte endlich einen Charakter bekommen. Allzu menschliche Züge. Er war plötzlich kein Fremder mehr. Es war ein Arzt um die fünfzig. Ein Aussteiger und gleichzeitig ein Einsteiger. Aus der alten schnurstracks in die neue Beziehung. Matthias tippte auf ein sensibles Gemüt, welches eine Frau wie Sabine arg ins Wanken zu bringen vermochte. Allein angesichts ihres Zustands musste sein Herz geschmolzen sein. Er hatte eine Frau verlassen, um sich bei einer andern einzunisten.

Plötzlich entstanden neue Möglichkeiten.

Der Unfall war kein Unfall. Vielleicht war es ein kaltblütig geplanter Mord. Ein Attentat. Totschlag aus Eifersucht. Oder Rache. Olivia mittendrin. Vielleicht war es ihr

Untergang gewesen, dass sie gerade zu diesem Zeitpunkt einen Arzt benötigt hatte.

»Kennen Sie die Verflossene Ihres Verlobten?«

Sabine kannte sie nicht. Wozu auch? Matthias musste ihre obsessive Einstellung anerkennen. Er glaubte zu wissen, wo bei ihr das Problem lag, auch wenn er sich von der Psychologie distanzierte. Sabine lebte in einer Scheinwelt. Ließ nur gerade zu, was ihr nicht schaden konnte. Auch eine Möglichkeit, um zu überleben.

Matthias musste nicht lange überlegen, um zu wissen, mit wem er sich hier eingelassen hatte. Sabine war eine Verdrängungskünstlerin. Ihre Schwangerschaft änderte nichts daran.

Holger van Essel verlor wieder seine Konturen. Tauchte in einen Nebel ein. In ein undurchsichtiges Gewirr. In den Smog fragwürdiger Vorfälle.

Matthias trank seinen Kaffee aus, der in der Zwischenzeit kalt geworden war. Er legte einen Geldschein auf den Tisch und entschuldigte sich mit den Worten eines Gentlemans von alter Schule. Das Bedürfnis, aus Sabines Gegenwart zu entschwinden, war plötzlich größer als alles andere, das ihn dazu veranlasst hatte, sich überhaupt auf diese Frau einzulassen. Er dachte kurz über ihre Verwirrtheit nach. Er meinte sogar, selbst den Verstand zu verlieren, wenn er nicht bald an die frische Luft kam.

Er stand still draußen.

Acht

Der Nebel hatte sich verzogen. Der Himmel war klar. Sichtbar wurde ein kühles Blau, das ihn an früher erinnerte.

Olivia hatte oft so dagestanden, wie er es jetzt tat. Nicht untertags. Aber nachts. Unter dem nächtlichen Sternenhimmel. Matthias hatte nie begriffen, warum sie in solchen Nächten nach draußen ging, den Kopf in den Nacken legte, verharrte und in die Luft starrte.

»Wenn du Sorgen hast, stelle dich in einer Vollmondnacht unter den Sternenhimmel«, hatte sie gesagt. »Blicke zum Firmament. Dann wirst du spüren, wie nichtig alles Irdische ist. Dann werden deine Sorgen wegfliegen, irgendwohin, auf einen fernen Planeten vielleicht. In eine unbekannte Galaxie.«

Wie oft hatte er über ihre poetische Ader gelächelt. Auch über ihre Einstellung gegenüber den Menschen, in ihnen nur das Gute zu sehen. Sie hatte in seinen Augen einen naiven Glauben gehabt.

Trotzdem war sie ihm in vielen Dingen überlegen gewesen.

Sie hatte nicht die Pragmatik besessen wie er. Sie hatte auch an Dinge geglaubt, die sie nicht sah, sondern oft bloß spürte.

Ihre Sinne hatten gelebt. Der Hang zum Übersinnlichen war genauso präsent gewesen, hatte zu ihrem Leben gehört. Vielleicht lag darin ihre Faszination. Das Gegenteilige ihrer Ansichten. Die Spannung dazwischen, die sich wie ein Regenbogen anfühlte, genauso farbig und nicht kalkulierbar, wann und wo er wieder auftauchte.

Manchmal hatte sich Olivia dem Leben näher befunden als er. Für ihn zählten Fakten. Die Dinge, die von der Wissenschaft erforscht waren. Zahlen. Buchstaben. Berechnungen. Resultate.

»Es ist das Salz in unserer Beziehung«, hatte Olivia gesagt, »wenn wir geteilter Ansichten sind, was die Einstellung gegenüber dem Leben betrifft. Ich sehe es als ein Mysterium an.«

Vielleicht musste man einfach Mutter sein, dachte Matthias, um das Leben als ein solches zu begreifen. Olivia hatte gesunde Kinder zur Welt gebracht. Sie war sorglos in jeder Beziehung gewesen. Sie hatte die Not von verzweifelten Eltern nicht gekannt, die sich mit der Beeinträchtigung eines Kindes auseinandersetzen mussten.

»Eine Laune der Natur«, hätte sie gesagt, obwohl sie dieses Thema nie an sich herangelassen hatte. »Eine göttliche Aufgabe für die betroffenen Eltern.«

Matthias hatte nie an einen Gott geglaubt.

Zum Leidwesen seiner Eltern, welche ihre Religion gelebt hatten. Mit sonntäglichen Kirchengängen und Fasttagen unter dem Jahr. Sie waren vor jedem Essen in Gebete versunken und hatten sich vor Marienstatuen und Jesusgemälden bekreuzigt. Alles, was im Garten wuchs, war heilig, es war mit äußerster Sorgfalt gehegt und gepflegt worden. Fleisch war so gut wie nie auf den Tisch gekommen, außer man konnte dessen Herkunft aus der Jagd nachweisen. Alles, was lebte, hatten sie geehrt.

Matthias war fünfzehn gewesen, als seine ältere Schwester Sonja an einer Hirnhautentzündung erkrankte und in der Folge verstarb. Vorher hatte auch er zwischen Wahrhaben und Nicht-wahrhaben-Wollen gelebt, auf einer Gratwanderung zwischen Mystik und Ratio. Die dünne Linie dazwischen, die ihn schlussendlich auf die ihm einzig richtig erscheinende Seite zwang. Sonjas Tod hatte ihn neugierig gemacht. Während seine Eltern in Kummer und Lethargie ertranken und wie versteinert stehen geblieben waren, wollte er die Ursache für ihre Krankheit erfahren. Er hatte in Bibliotheken gestöbert und nach Büchern über Meningitis gesucht, hatte sich mit Sonjas Arzt getroffen und das Krankenhaus besucht, wo sie die letzten Tage im Koma verbracht hatte.

Die Kenntnisse über die Verursacherbakterien hatten seine Einstellung gegenüber dem Glauben seiner Eltern schlagartig geändert. Er hatte erfahren, das Leben trug nicht nur Gutes in sich. Dass es Kleinstlebewesen gab, die zerstören und vernichten. Matthias hatte Mühe bekundet, diese Tatsachen als etwas Gottgewolltes zu begreifen, und hatte plötzlich vieles infrage gestellt. Die glaubensabhängige Erziehung seiner Eltern war wie ein Kartenhaus in sich zusammengefallen. Das Bild mit Maria und Jesus, das im elterlichen Schlafzimmer über dem Bett gehangen hatte, wurde zum Sinnbild seines eigenen Erwachens.

Seine anfängliche Trägheit in der Schule war durch einen ungebremsten Wissensdurst abgelöst worden. Da war auf einmal etwas Neues, Unbekanntes gewesen, das es zu entdecken galt. Ein Weg, den vor ihm nie jemand in der Familie gegangen war, weil man sich vor dem unsichtbaren Ziel gefürchtet hatte. Matthias' Vater hatte ihn nur einmal mit einem wissenschaftlichen Buch erwischt, welches er ihm daraufhin diskussionslos und mit den Worten, diese Literatur sei des Teufels, aus der Hand riss. Später hatte sich Matthias heimlich die erforderlichen Unterlagen verschafft und auf dem Fußballplatz gelesen, weil der Vater ihn dort unbehelligt ließ.

Je mehr er über die biologischen Zusammenhänge erfahren hatte, umso größer wurde der Drang nach mehr Wissen. Ein nie gekanntes Fieber hatte ihn gepackt. Für Matthias hatte festgestanden: Er wollte Biologie studieren und das Dogma des Mittelalters endgültig aus dem Weg räumen.

Von da an war es auch in der Schule aufwärts gegangen. Er hatte sich ein Ziel gesetzt, und niemand hatte ihn daran hindern können, dieses zu erreichen. Bevor er das Gymnasium bestanden hatte, meldete er sich für einen Studienplatz in Zürich an.

Seine Eltern, die sich mit Sonjas Tod langsam abgefunden hatten, suchten weiterhin Zuflucht in Gottes heiler Welt. Sie hatten nach diesem schweren Schicksalsschlag allmählich verlernt, sich zu widersetzen. Dass ihr Sohn studieren wollte, war für sie schlussendlich ein weiterer gottgewollter Schachzug gewesen.

Leider war es später anders gekommen als erhofft.

Matthias sah durch die Fenster des Restaurants, wie sich Sabine vom Tisch erhob und in Richtung Ausgang schritt. Er hätte sich am liebsten hinter dem nächsten Baum versteckt, um ihr nicht noch einmal begegnen zu müssen. Wie ein feiges Kind, das dem Spiel ausweicht, das es nicht spielen will. Ein erneutes Zusammentreffen hätte eine Eskalation seiner Situation zur Folge gehabt. Er wollte sich nicht ein weiteres Mal auf ein solch naives Gespräch einlassen. Er sah einfach weg und tat so, als spräche er mit einem Anrufer auf seinem Mobiltelefon. Erst als er sicher war, dass Sabine den Weg zu ihrem Auto eingeschlagen hatte und nicht wieder zurückkehrte, schritt er auf die Eingangstür des Restaurants zu. Er hatte sich mit seinen Söhnen dort verabredet, also würde er in den geheizten Räumen auf sie warten.

Die Kellnerin machte ein erstauntes Gesicht, als sich Matthias auf den angestammten Stuhl setzte. Er meinte ihre Gedanken lesen zu können. Nein, ich bin nicht der, der mit der Blume im Knopfloch auf die Nächste wartet, dachte er.

»Bringen Sie mir bitte einen Kaffee.« Er angelte nach einer Zeitung, die auf dem Nebentisch lag.

»Wir vermieten auch Zimmer.« Die Frau setzte ein schräges Lächeln auf.

Matthias glaubte, ihre Gedanken lesen zu können. Er schüttelte bloß unmerklich den Kopf.

Als sie mit dem Kaffee zurückkam, schaute er ihr direkt in die Augen. »Kann es sein, dass ich mich in der Tür geirrt habe?« Dass man sich in diesem Hotel auch zum Schäferstündchen traf, war kein Geheimnis.

»Wie meinen Sie das?« Ihre Verblüffung war echt.

»Ich erwarte meine beiden Söhne. Vielleicht haben Sie etwas zu bieten, was allen gefällt.«

Er konnte es nicht unterlassen, die simple Unterhaltung auf die Spitze zu treiben. Eine dumme Angewohnheit von ihm. Olivia hatte ihn früher oft gerügt, wenn er mit der Naivität einiger Erdenbürger spielte. »Ich weiß, wie intelligent du bist«, hatte sie dann gesagt. Aber das gebe ihm lange nicht das Recht, über den Dingen stehen zu wollen, nur weil er einmal gelernt habe, dass die Erde rund ist und der Mond um die Erde kreist. Damit hatte sie ihm nur zu verstehen geben wollen, dass er im Grunde auch nicht viel besser war als all die anderen. Natürlich hatte sie dabei gelacht und ihn zärtlich in die Arme genommen. So hatte er nie gewusst, ob sie es ernst oder ironisch meinte.

Matthias winkte ab, worauf sich die Kellnerin entfernte.

Er musste lange auf Rolf und Marc warten. Er blätterte die Zeitung zweimal von vorne nach hinten und zurück. Hätte ihn jedoch jemand über deren Inhalt befragt, er hätte Mühe gehabt, über Details zu berichten.

Die Welt bricht täglich auseinander, dachte Matthias verwirrt. Irgendeine Welt geht immer unter. In jeder Sekunde sterben Menschen. Verliert ein Liebender seine Geliebte. Ein Matthias seine Olivia. Was weiß ich, wie viele Male ein Paar auf diesem Globus existiert, das nach uns benannt ist oder wir nach ihm.

Aber hatte es jemals eine solche Liebe gegeben? Existierte sie jetzt? Oder würde sie in nächster Zukunft sein?

Sie war vor ihm hergegangen. Oder wohl eher geschwebt. Damals auf dem Pausenplatz. Neben einer langen Dürren, die er zuerst für einen Kerl hielt, die sich später aber als Hannelore herausstellte. Schon damals waren sie unzertrennliche Freundinnen gewesen. Das Gerücht um die beiden, sie hätten gleichgeschlechtliche Neigungen, hatte lange Zeit am Gymnasium kursiert. Die Mädchen hatten davon gewusst und einen Sport daraus gemacht, sich öffentlich zu küssen. Später hatte Matthias erfahren, dass er dem völlig bedenkenlos gegenüberstehen konnte.

Sie war vor ihm gelaufen, schneller als alle anderen.

Hüfte schwingend in schaukelnden Bewegungen. Der knielange Rock hatte neckisch um ihre Beine gespielt. Damals hatte Olivia die Haare hüftlang getragen. Manchmal hatte sie einen Zopf geflochten, um sie zu bändigen.

Hinter ihr zu gehen war etwas Besonderes gewesen. Es hatte ihn magisch angezogen. Anfangs hatte er sie nach der Schule abgepasst und sie bis vor ihre Haustür verfolgt, unterhalb des Fensters gewartet, bis oben in ihrem Zimmer das Licht anging und er ihre Konturen durch den Vorhang sehen konnte. Er hatte jede ihrer Gesten studiert, wie ein Besessener auf ihre Gewohnheiten reagiert.

Es hatte ein halbes Jahr gedauert, bis er sich getraute, sie anzusprechen. Und der Versuch war so plump ausgefallen, er hätte sich nicht gewundert, wenn sie ihm eine Ohrfeige verpasste. Aber sie hatte wegen seiner albernen Frage, ob er sie zum Bäcker einladen dürfe, gelächelt. Er habe dort eine köstliche Schwarzwälder Torte gesehen. Anstatt ihn vor den anderen zu blamieren, hatte sie eingewilligt. Sie hatte ihn sogar gebeten, für sie zwei Stücke zu kaufen, damit sie eines ihrer Freundin mitbringen könne.

Er erinnerte sich genau, welche CD er aufgelegt hatte, als Olivia zum ersten Mal zu ihm nach Hause gekommen war, an einem Wochenende, als sich seine Eltern auf einer Wallfahrtsreise nach Süditalien befanden. Eine uralte CD aus Sonjas Sammlung war es gewesen. Eine Schnulze, bei der man sich beim Anhören auflöste wie Schokolade unter der Sonne. Ein Gletscher im Sommer. Zuckerguss auf der Zunge.

Während er seine Erzeuger vor einer Statue kniend gewähnt hatte, war er vor Olivia gekniet und hatte sie angebetet.

Später hatte er befürchtet, sie zu erdrücken mit seinem Gewicht, als sie sich liebten, sie zu erschrecken mit seiner Härte.

Sie hatte in ihm die Hitze gelöscht und ihm das Staunen weggeküsst. Und war nicht so unerfahren gewesen, wie er vermutet hatte. Matthias glaubte, sie könnte bereits beim ersten Mal schwanger geworden sein.

Oder beim zweiten oder dritten Mal an diesem Tag.

Sie hatte gezittert, als sie mit ihm telefonierte. So wie damals, als sie miteinander geschlafen hatten.

Matthias legte die Zeitung weg, in die er tausend Löcher gebohrt hatte. Rolf stand neben dem Tisch. Hinter ihm tauchte Marc auf.

Die Augen. Sie hatten beide Olivias Augen. Alle seine Kinder hatten Olivias Augen. Die Form, die Farbe, die Melancholie in ihnen. Olivia konnte man nicht einfach so vergessen. Als wäre sie im Doppel, in Drei- und Vierfachausführung vorhanden. Als würde sie im Hier und Jetzt wiedergeboren.

»Setzt euch.« Matthias schwenkte die Zeitung demonstrativ über seinem Kopf. Seine Gedanken wurden dadurch nicht weggewischt.

»Hast du an die Todesanzeige gedacht?«, fragte Marc.

Nein, natürlich hatte er nicht daran gedacht. Er wusste nicht, mit welchen Sätzen er sie hätte formulieren sollen.

Zu mir ist sie gekommen. Von mir ist sie wortlos gegangen. Sie hat mich verlassen. Einfach so. Hat mich zurückgelassen. Allein.

»Es ist zu früh, um sich darüber Gedanken zu machen«, sagte er.

Es war nie zu früh. Aber oft zu spät. Olivia hatte nicht nur ihn verlassen. Sie hatte auch ihre Kinder allein gelassen.

Er war ein Egoist. Warum dachte er immer nur an sich zuerst?

Warum eigentlich nicht?

Er hatte seine Frau geliebt.

»Wenn du dich nicht in der Lage fühlst«, sagte Rolf, »werden wir das für dich übernehmen.«

»Wovon sprecht ihr?«

»Sollen wir dich nach Hause begleiten?« Marcs einfühlsame Stimme. Sie begegneten ihm mit großem Respekt. Sie schienen in diesem Augenblick stärker zu sein als er. Standen über ihm. Matthias bemühte sich, einen gelassenen Eindruck zu machen. Die Kinder hatten ihre Mutter verloren. Gab es etwas Schlimmeres?

Er hatte seine Olivia verloren. Bei einem Autounfall.

Hatte er sie etwa schon früher verloren?

Nein, nicht den Gedanken zu Ende denken. Er ist es nicht wert, dass man darüber innere Bilder verliert.

»Wir sollten unsere Zukunft planen.« Matthias streckte sich. War wieder ganz Mann. Ganz Kapitän. Ganz Vater. »Auf keinen Fall solltet ihr das Studium in Boston abbrechen.«

»Und Marie?« Beide gleichzeitig.

»Um Marie werde ich mich kümmern. Das lasst meine Sorge sein.« Matthias merkte zu spät, dass er seine Aussage nicht mehr rückgängig machen konnte. Marie. Was tat sie wohl? Trauerte sie um ihre Mutter? Begriff sie, was geschehen war? Er sah sich um. Die Kellnerin bediente am Tisch nebenan. Es schien, als würde sie in ihre Richtung lauschen.

»Glaubst du an den Unfall?« Marc war immer schon der direktere von den beiden Söhnen gewesen. »Oder an Mord?«

Nein, wollte Matthias sagen. Wer hätte einen Grund gehabt, Olivia umzubringen? »Ich weiß nicht, ob ich dies ausschließen kann«, sagte er.

»Du sprichst schon wie die Polizei.«

Rolf winkte der Kellnerin.

Diese kam mit hochrotem Gesicht an ihren Tisch. »Entschuldigen Sie«, stotterte sie, »ich wusste nicht, dass Sie, dass Ihre Frau … dass die Frau, die den Unfall hatte, Ihre Frau war …«

Matthias sah überrascht auf. »Kannten Sie meine Frau?«

»Ja, natürlich …« Sie hielt inne. »Nein, ich kannte sie natürlich nicht.«

Sie verschwieg ihm doch etwas. Ihre Augen sprachen Bände. Die erhitzten Wangen. Der Ausdruck in ihrem Gesicht. Wie ein Lügendetektor, der kräftig ausschlägt. Wellenförmig, weil der Blutdruck steigt. Der Puls rast. Matthias meinte, durch sie hindurchsehen zu können in ihr Inneres. Er war sich sicher, die Kellnerin hatte Olivia gekannt.

»Ist sie am letzten Donnerstag hier gewesen?«

»Vater!« Rolf meldete sich.

Matthias wusste nicht, weshalb er sich über seine Frage so aufregte.

»Ist das nicht Sache der Polizei?«

Wovor lenkte er ab?

»Ich dachte, wenn wir schon mal hier sind …«

Marc stand auf. »Wir sollten unser Gespräch verlegen.«

Das Gespräch verlegen.

In den Wald vielleicht. Damit er seinen Kopf kühlen konnte. Unter dem verfärbten Laub, das sich beim leisesten Windstoß von den Ästen löste und auf den Boden segelte. Ein Blatt im Wind. Wie Gedanken so leicht. Ich habe meine Frau verloren. Und sie wird sich auflösen wie dieses Blatt im Wind. Auf den Boden fallen und eins werden mit der Erde.

»Sollte ich einmal vor dir sterben, so lasse mich einäschern …« Ihr Wunsch war erfüllt worden. Olivia war verbrannt.

Häfligers Anruf kam nicht sehr gelegen. Sie hätten ein paar neue Erkenntnisse, die sie miteinander anschauen müssten. »Wir würden Sie gerne in diesem Zusammenhang noch einmal sprechen«, sagte der Polizist.

In welchem Zusammenhang? Gab es denn Zusammenhänge?

Rolf begleitete ihn nach draußen zu seinem Wagen. Marc blieb zurück.

Matthias wunderte sich. Was hatte Marc vor? Beabsichtigte er, die Kellnerin wegen vorhin auszufragen? Matthias fand keine Worte, um die Frage zu formulieren, die ihm auf der Zunge lag. Vielleicht musste er sich einfach einmal niederlegen und schlafen. Er musste seinen Kopf von den konfusen Gedanken befreien.

Wieder dachte er, es versäumt zu haben, mit seinen Söhnen sachlich zu kommunizieren. War er fähig dazu? Machte ihn Olivias Tod mundtot? Ihn, den Redner, den Rhetoriker?

Dem Erzähler war sein wichtigstes Instrument abhandengekommen: die Sprache. Er staunte selbst über die Banalität seiner Sätze, früher hatte er auf diese Weise nie gesprochen.

Irgendetwas geschah in seinem Kopf.

Wie der Blitz aus heiterem Himmel. Ein physikalisches Phänomen. Stimmte die Physik in seinem Gehirn nicht mehr?

»Ich werde dich jetzt nach Hause fahren«, sagte Rolf. »Du brauchst Erholung. Ich kann nicht mit ansehen, wie du dich kaputtmachst.«

Matthias setzte sich kommentarlos auf den Beifahrersitz seines Wagens. Er spürte selbst, wie fertig er war. Er nahm den stechenden Schmerz in seiner Brust wieder wahr.

Sie fuhren an der Unfallstelle vorbei. Rolf verminderte das Tempo. Matthias sah die Sonnenblumen mit den Dahlien und den Astern. Ein bunter Fleck an der Mauer.

»Sollen wir anhalten?« Rolf bremste ab.

»Das Hotel liegt gerade mal ein paar Hundert Meter von der Zufahrtsstraße entfernt«, sagte Matthias.

Rolf vermochte seinen Worten augenscheinlich nicht zu folgen.

»Hat das etwas zu bedeuten? Die Äußerungen der Kellnerin ...«

»Du siehst Hirngespinste«, sagte Rolf und fuhr langsam wieder an. »Es wird Zeit, dass du dich mal aufs Ohr haust.«

»Wir fahren zum Hotel zurück!« Matthias beharrte darauf. »Da stimmte etwas nicht.« Die Kellnerin hat Olivia gekannt. »Wir kehren um!«

»Gar nichts tun wir«, wiegelte Rolf ab. »Ich habe meine Mutter verloren. Ich möchte nicht, dass dasselbe mit meinem Vater geschieht. Zudem werde ich einen Arzt rufen.« Rolf äußerte seine Sorgen so vehement, dass es Matthias besser schien, seinen Mund zu halten.

Er nahm sich aber vor, sobald er allein in seinem Haus sein würde, die Dinge zu erledigen, die er erledigen musste. Vorher aber würde er Hannelore noch einmal anrufen.

Sein Haus wirkte düster. Die Fassade farblos, verwaschen. Dunkel starrten die Fenster durch den Nebel, der seit einer halben Stunde die Landschaft wieder einnahm. Nebelschleier, grau und feucht, zogen flach den Boden entlang und verwischten die Konturen der Treppe, die zum Eingang führte.

Die Tür war nicht abgeschlossen. Matthias unterließ es, Rolf darauf anzusprechen. Die Situation, in der sie sich im Moment befanden, erklärte die Fahrlässigkeit.

Matthias ging ins Wohnzimmer. Das Bild mit Olivia war verschwunden. Es hing nicht mehr an der Wand, wo es Marc am Abend zuvor wieder hingehängt hatte. Es lag auch nicht auf dem Boden vor dem Kamin.

»Kann es sein, dass du Mamas Bild entfernt hast?«, fragte er seinen Sohn, als dieser aus der Garage zurückkehrte.

»Wir haben es erst heute Morgen angesehen, Marc und ich.« Rolf blieb jetzt auch etwas ratlos vor der Wand mit dem hellen Fleck stehen.

»Hat es vielleicht Marc weggenommen?«

Auch diese Frage wurde verneint. Worauf Matthias Rolf nach der offenen Haustür befragte. Er wusste von nichts. Es blieb, wie es war: unerklärlich.

Gäbe es Geister, dachte Matthias, der allmählich an seinem Verstand zweifelte, an der Tatsache überhaupt, dass er solche Gedanken zuließ, würden diese durch eine Tür hindurchgehen, ohne sie zu öffnen. Und Geister würden ein Bild höchstens herunterfallen lassen, anstatt es zu entfernen. Wobei da, wie er annahm, wiederum Energien im Spiel waren, die alles erklärten.

Aber das Bild war verschwunden. So als hätte es jemand aus Fleisch und Blut aus dem Wohnzimmer getragen. Matthias' logische Folgerung: »Während unserer Abwesenheit muss hier ein Fremder gewesen sein.«

»Hat jemand einen Schlüssel?«, fragte Rolf.

»Nur Olivia und ich«, sagte Matthias.

»Großmutter? Eine Haushaltshilfe?«

»Nicht einmal Marie.«

»Hat die Polizei vielleicht Nachforschungen angestellt?«, fragte Rolf.

»Nein, wie auch.« Matthias stieß laut den Atem aus und sagte: »Europa ist nicht Amerika«, worauf Rolf beleidigt schwieg.

Matthias nahm dies jedoch zum Anlass, Häfliger anzurufen und die Eventualitäten abzuklären. Olivias Schlüssel befinde sich nach wie vor in der Tasche auf dem Polizeipräsidium, bekam er die Antwort.

Alles ist nachvollziehbar.

Die Annahme, dass jemand im Haus gewesen war, erklärte auch den Vorfall des vorigen Tages. Die Idee, ein Fremder könnte Zutritt genommen und etwas inszeniert haben, um ihm eins auszuwischen, aus welchen Gründen auch immer, erfüllte Matthias dennoch mit Unbehagen. Wer hätte denn ein Interesse gehabt, ins Haus einzudringen und ein Bild zu entwenden? Matthias vergewisserte sich, dass nichts anderes fehlte.

Das einzig teure Gemälde von Chagall hing nach wie vor an seinem Platz. Auch der Safe im Schlafzimmerschrank war unversehrt. Es herrschte die Ordnung, die Matthias gewohnt war.

»Irgendetwas stimmt da nicht«, wiederholte er seine Bedenken.

»Leg dich etwas hin«, schlug Rolf vor. »Du brauchst Ruhe und Erholung.«

Matthias wollte es überhört haben. Die Frage drängte sich ihm auf, ob er in all seinem Elend etwas übersah. »Ich habe keine Zeit, mich hinzulegen. Die Polizei will mich sprechen. Ich werde aber bis zum Nachtessen wieder im Haus sein.« Er versprach, sich danach schlafen zu legen, jedoch dachte er nicht daran. Schlafen konnte er, wenn alles vorbei und Olivias Tod geklärt war. Jede Minute zählte. Jeder Augenblick konnte Wichtiges zutage fördern.

Matthias nahm seinen Mantel und wollte das Haus verlassen, als Marc mit einem Taxi zurückkehrte. Er öffnete die hintere Wagentür.

»Die Kellnerin hat Mama am Abend vor dem Unfall gesehen«, rief er, noch bevor er aus dem Wagen stieg.

Matthias bemerkte, wie Marc dem Fahrer einen Geldschein in die Hand drückte. Das Rückgeld nahm er nicht an. Wie Olivia, dachte er, wie immer übertrieben großzügig.

»Und?«

»Sie hat sich mit jemandem getroffen.«

»Mit einem Arzt?« Matthias ging mit Marc zurück ins Haus.

»Das konnte die Frau nicht sagen. Es sei aber nicht das erste Mal gewesen, dass sie sich im Hotel begegneten.«

»Was heißt das konkret?« Matthias stützte sich auf der Kommode im Korridor ab. Marcs Aussage erschreckte ihn. Auf einmal schlugen die Ereignisse eine andere Richtung ein. Plötzlich stand da eine Möglichkeit, die er bis anhin verdrängt hatte.

Hatte Ihre Frau eine Affäre? Matthias hörte Häfligers Frage, als hätte er sie in diesem Augenblick selbst gestellt. »Sie war krank«, dachte Matthias laut.

»Diesen Eindruck habe sie aber nicht hinterlassen«, sagte Marc.

»Ihr müsst mich zur Polizei begleiten.« Matthias fasste sich wieder.

Olivia hatte ihn geliebt.

Bist du sicher, dass Olivia auch dich geliebt hat? Was wusste denn Hannelore?

Oder wusste sie mehr als er?

Matthias glaubte nicht, Olivia je vernachlässigt zu haben. Er hatte ihr alles gegeben, was sie brauchte. Es hatte ihr an nichts gefehlt. Sie hatte ihn das immer wieder wissen lassen.

Er hatte sie geliebt. Und sie ihn.

Das hatte sich seit dem Tag nicht geändert, als er sie dazu eingeladen hatte, mit ihm ein Stück Schwarzwälder Torte zu essen.

»Meine Frau war krank«, sagte Matthias später auch zu Häfliger.

Sie hatten sich in dessen Büro versammelt. Ein düsterer Raum, der das Antike der Fassade im Innern reflektierte. Ein Tisch nahm die Hälfte der Fläche ein. Vier Stühle waren so darum herumplatziert, dass es den Anschein hatte, man säße absichtlich so weit auseinander.

Rolf und Marc schoben ihre Stühle so nebeneinander, dass sie mit ihrem Vater in direktem Augenkontakt waren.

»Es sah danach aus, dass Dr. van Essel auf Verlangen Ihrer Frau in den Wagen gestiegen ist.« Häfliger hatte sich gesetzt. »Seit heute kennen wir aber den wahren Grund. Die beiden kannten sich.« Häfliger wirkte sehr überzeugt in seiner Aussage.

Matthias verhielt sich ruhig. Er fragte sich, ob Häfliger bei seinen Ermittlungen auf die Kellnerin im Hotel gestoßen war, was ihn gleich wieder sympathischer machte. Die Polizei hatte also nicht geschlafen.

»Es ist anzunehmen, dass Dr. van Essel der Vertrauensarzt Ihrer Frau war«, nahm Häfliger den Faden wieder auf.

Matthias räusperte sich. Er brachte jedoch keine Silbe über die Lippen. Er rügte sich dafür, es versäumt zu haben, die Leute kennenzulernen, die sich um Olivias Gesundheit kümmerten. Seit Marie geboren war und die postnatalen Untersuchungen abgeschlossen waren, hatte Olivia nie mehr einen Arzt besucht. Das jedenfalls hatte Matthias geglaubt.

Olivia hatte sich nie beklagt. Sie war vollkommen gesund gewesen.

Bin ich ein Narr, dachte er. Welchen Eindruck muss ich bei meinen beiden Söhnen hinterlassen.

»Wir haben in die Krankheitsakten von Dr. van Essel Einsicht genommen.« Häfligers Gesichtsausdruck verhieß nichts Gutes. »Sie sind Gegenstand der laufenden Abklärungen. Die Papiere Ihrer Frau sind auch dabei.«

»Treiben Sie es nicht auf die Spitze«, keuchte Matthias. Schnell wechselte er einen Blick mit Rolf und Marc, die in sich gesunken dasaßen. Noch glaubte er, Olivias Unfall könnte alles andere als ein Selbstverschulden gewesen sein.

»Die Obduktion in der Pathologie hat ergeben, dass Ihre Frau im dritten Monat schwanger war.« Häfligers Stimme klang trocken. »Hat Ihre Frau Sie darüber in Kenntnis gesetzt?«

»Was für eine Frage.« Matthias spürte, wie alles Blut aus seinem Kopf wich, wie eine lähmende Leere sein Gehirn ergriff. »Ja, natürlich.«

Neun

Olivia hatte ihm nie etwas gesagt.

Das machte alles unfassbar. Haltlos. Ihrer nicht würdig. Und Matthias schämte sich, dies gegenüber Häfliger nicht zugeben zu können. Verzweifelt suchte er Rolfs und Marcs Augen. Sagt auch etwas, bettelte er insgeheim. Er war sich sicher, seine Söhne waren über Olivias Zustand im Bild gewesen. Olivia hatte einmal in der Woche mit ihnen telefoniert.

Warum war er nicht selbst darauf gekommen? Er hatte doch gesehen, wie sich Olivia veränderte. Sie hatte zugenommen. Ihre Brüste waren praller als sonst gewesen. Aber er hatte es ihrem regelmäßigen Training im Fitnesscenter zugeschrieben.

Nichts ging mehr in seinen Kopf. Sabine kam ihm auf einmal in den Sinn. Ihre Aussage, er habe die Beziehung beendet.

War am Ende Olivia diese Beziehung gewesen?

Rolf erhob sich, kam um den Tisch herum, legte Matthias die Hand auf die Schultern. »Ich glaube, Mama hatte ein Problem damit, dir diese Neuigkeiten zu unterbreiten«, sagte er.

Matthias spürte, wie sich seine Mundwinkel verdächtig nach unten zogen. Hätte er jetzt den Mund aufgemacht, er hätte laut geschrien. Und weshalb? wollte er fragen. Die Worte blieben ihm im Hals stecken. Die Stimmbänder versagten. Er blickte Häfliger mit düsterer Miene an, worauf sich der Polizist aus dem Büro entfernte.

Wie taktvoll, dachte Matthias. Jetzt war er seinen Söhnen ausgeliefert. Und vor denen fürchtete er sich am meisten. Seine Söhne mussten die Wahrheit wissen. Seine Söhne, die Tausende von Meilen entfernt lebten, hatten näher zu Olivia gestanden als er selbst. Ein Gefühl wie Eifersucht machte sich breit.

»Hättest du dir denn vorstellen können, noch einmal Vater zu werden?« Er erntete von Rolf einen fragenden Seitenblick.

Ein bitterer Geschmack machte sich auf seiner Zunge bemerkbar. »Das wäre doch kein Thema gewesen.« Matthias hatte sich wieder unter Kontrolle. »Klar hätte ich mich gefreut. Mit ihr hätte ich mir alles vorstellen können.«

»Sie hat sich vor dir gefürchtet«, sagte Marc über den Tisch hinweg.

Matthias schwieg. Er fand keine Worte. Er war maßlos enttäuscht. Versuchten seine Söhne etwas heraufzubeschwören, das vorher nie existiert hatte?

Und was war vor drei Monaten gewesen?

Matthias versuchte sich krampfhaft an die Sommerabende zu erinnern. An die Ferien, in denen er tagelang in den Bergen unterwegs gewesen war. Anruf dann am Abend. Erkundigungen über das Befinden seiner Familie. Rückkehr irgendwann. Barbecue auf der Terrasse. Und alles war wie immer gewesen. Eine lachende Olivia an seiner Seite. Ihre Überschwänglichkeit, wenn sie den Gästen mitteilte, wie glücklich sie verheiratet sei. Und dies schon seit zwanzig Jahren.

»Wie großartig, dass es so etwas gibt in der heutigen Zeit, in der Ära der Plastikgesellschaft, wo vieles sonst einfach weggeworfen wird.« Lara Behringer, die Frau des Mathematiklehrers, hatte es kaum glauben können.

Natürlich hatten sie miteinander geschlafen. Matthias

und Olivia. Aber er war der Meinung gewesen, sie habe sich gegen eine erneute Schwangerschaft geschützt.

Häfliger erschien. Er legte Akten auf den Tisch. »Ihre Frau hätte in der nächsten Woche einen Termin für eine Curettage, also eine Abtreibung, gehabt«, sagte er.

Matthias fragte sich, ob Häfliger die Befugnis hatte, ihm dieses Wissen zu unterbreiten. Ob er sich das Recht herausnehmen durfte, mit solchen Geschützen aufzufahren. Ihnen, den Hinterbliebenen, eine derart brutale Wahrheit zu überbringen. Hob Olivias Tod die Grenzen zum respektvollen Umgang ihm gegenüber auf? Würde er in Zukunft mit weiteren solchen Angriffen rechnen müssen?

»Das verkompliziert die Angelegenheit«, sagte Häfliger. »Aber ich muss Ihnen sagen, wie die Befunde sind.«

Ein harter Schlag. Wie wollte Matthias dies verkraften? Mit Olivias Tod hatte er nun auch sein Kind verloren, dessen Namen er nicht wusste. Dessen Geschlecht er nicht kannte.

Er musste plötzlich an Ursache und Wirkung denken.

Matthias hatte dies zu seinem Leitfaden gemacht. Es war einfach, so zu denken, solange es ihn selbst nicht betraf. Und Olivia war tot, konnte ihm also keine Antworten mehr geben. Mit ihrem Tod hatte sich Matthias nicht abgefunden. Er würde es nie tun können. Aber die Fakten lagen auf dem Tisch. Es gab nichts mehr daran zu rütteln. Es war eine Endgültigkeit, die mit der Obduktion in jeder Hinsicht erwiesen war. In Zukunft würde Olivia immer tot sein. In der Gegenwart saß der Schock um ihren Verlust.

Doch auf einmal veränderte sich die Vergangenheit. Das Ursächliche wechselte seine Gestalt, weil Matthias mit der daraus resultierenden Wirkung konfrontiert wurde. Damit hatte er zuletzt gerechnet. Geschichten, stehen sie einmal, dachte er, bleiben in der Struktur immer gleich. Was einmal geschehen ist, kann auch die Gegenwart nicht mehr verändern.

Hatte sich seine Sichtweise verschoben?

Oder hatte er an ein Märchen geglaubt? Hatte er bewusst die Wahrheit verdrängt, weil das Unwahrscheinliche erträglicher war? War er gar nicht so pragmatisch veranlagt, wie er sich das immer wieder einsuggerierte? Wurde ihm erst jetzt klar, was er mit seinem zwanghaften Verhalten alles versäumt hatte?

Marc riss ihn aus den Gedanken. Marc, den er weggeschickt hatte. Marc, der ihn jetzt misstrauisch anstarrte. Mit Olivias Augen, die dadurch nichts an der Melancholie verloren.

Matthias fühlte sich wie ein geprügelter Hund.

Rolf dagegen schien der Einzige zu sein, der den Durchblick behielt. Er wechselte mit Häfliger ein paar Worte, die Matthias nicht verstand.

Wieder zu Hause legten sich seine beiden Söhne hin. Sie litten unter der Zeitverschiebung, was Matthias willkommen war.

Wie ein kleiner Junge mit einem schlechten Gewissen schlich er aus dem Haus. Er hatte sich vorgenommen, das Hotel in Küssnacht am Ende der Autobahnausfahrt aufzusuchen und mit der Kellnerin zu sprechen. Er wollte zu Ende bringen, was Marc angefangen hatte. Und vielleicht würde er andere Menschen treffen, die Olivia vor ihrem Unfall gesehen hatten. An diesem Abend. In dieser Nacht. Und all die Donnerstage zuvor, die sie nicht bei Hannelore verbracht hatte.

Was hatte Hannelore gesagt? Sie habe Olivia seit zwei Monaten nicht mehr gesehen. Jetzt erinnerte er sich wieder an ihre Worte. Hatte dies etwas mit ihrer Schwangerschaft zu tun?

Und was für eine Rolle spielte Holger van Essel? Hatten sie sich heimlich getroffen? War er mehr als nur Olivias Arzt gewesen?

Auf dem Weg zum Hotel rief Matthias Sabine Wicki von seinem Mobiltelefon aus an. Nicht, dass er sich nach ihr gesehnt hätte. Aber es ließ ihm keine Ruhe. Vielleicht würde es ihm gelingen, ihrer Naivität ein Ende zu bereiten und ihr die Augen zu öffnen. Die ehemalige Geliebte ihres Verlobten konnte niemand anderes als Olivia sein. Matthias war sich der Sache plötzlich sehr sicher.

Ein kaum wahrnehmbares Glimmen hatte sich zu einem Brand entfacht.

Es passte einfach alles zusammen. Van Essel in Olivias Wagen, die Begegnung mit Sabine, ihre Äußerungen … Wäre der Unfall nicht passiert, wäre die Beziehung vielleicht weitergegangen. Van Essel hätte ein Doppelleben geführt, hätte zwei Kinder gehabt und sich für Sabine entschieden, weil Olivia schon vergeben war.

Gemäß Sabine hatte sich van Essel bereits vor sieben Monaten für sie entschieden. War er zurückgekehrt? Hatten sie sich versöhnt, er und Olivia?

In einer Versöhnungsnacht mit Folgen?

Und dann hatte er das Kind abtreiben wollen, weil es ihm in die Quere kam. Kein schwieriges Unterfangen für einen Arzt. Er hätte sich das Alibi gleich selbst geben können, ohne dass es jemand erfahren hätte. Er hätte das Arztgeheimnis auszunützen gewusst. Es hatte einen heftigen Streit im Auto gegeben. Der musste so ausgeartet sein, dass Olivia in ihrer Panik in den Brückenpfeiler fuhr.

Vielleicht war sie vorsätzlich hineingefahren oder aus Verzweiflung, oder ...

Sabine meldete sich und musste sich von Matthias all diese Ungeheuerlichkeiten anhören. Am Telefon, was er bis anhin nicht für sehr fair gehalten hatte. Jetzt war es ihm egal, wie Sabine darüber dachte.

Sie schluchzte ein paarmal. Sie könne das alles nicht verstehen und glauben. »Holger war ein gewissenhafter Arzt«, sagte sie. »Übrigens hat man seinen Wagen mit dem Abschleppdienst abholen lassen, weil der Motor versagt hatte, an jenem Abend. Vor dem Unfall.« Sabine weinte. »Ihre Frau muss ihn mitgenommen haben. Vielleicht ist sie zu diesem Zeitpunkt vorbeigefahren und hat ihn am Straßenrand stehen sehen ...«

Matthias brach die Verbindung ab. Er fühlte sich elend. Tief durchatmen. Einatmen. Ausatmen. Er hätte Herztabletten nehmen sollen.

Er wählte Hannelores Nummer. »Hast du ihr geraten, sie solle das Kind abtreiben lassen?«

»Welches Kind?«

»Tu nicht so, als wüsstest du von nichts.« Matthias war wütend. Sie alle wussten etwas und schwiegen. Und er schlug quer in seiner Panik. Er schämte sich dafür, wie brüsk und undiplomatisch er Sabine angegriffen hatte. Er hatte seine guten Manieren verloren.

»Wir sollten uns treffen«, sagte Hannelore.

»In einer halben Stunde beim Hotel an der Autobahnausfahrt«, schlug Matthias vor. »Ich habe vorgängig noch etwas zu erledigen.«

Er brach die Verbindung ab. Also doch, dachte er. Hannelore wusste mehr, als sie ihm hatte sagen wollen. War sie jetzt bereit dazu, ihm Olivias Geheimnisse zu offenbaren?

Matthias setzte sich an denselben Tisch, an dem er schon mit Sabine gesessen hatte. Beim Fenster, damit er einen ungehinderten Blick auf den Parkplatz werfen konnte und er Hannelore sähe, wenn sie eintraf.

Die Kellnerin ließ sich heute viel Zeit, bis sie die Bestellung aufnahm. Obwohl das Lokal fast leer war. Zwei ältere Damen unterhielten sich in einer Nische vor einer Tasse Tee. Matthias vernahm ein paar Wortfetzen, weil die eine, wie es schien, schwerhörig war und die andere sich laut mitteilen musste, damit die Schwerhörige es verstand. Matthias gegenüber saß ein Mann, der ihm den Rücken zuwandte. Dessen Gesicht sah er nicht.

»Sie wünschen?« Die Kellnerin baute sich vor ihm auf.

»Dasselbe, was meine Frau bei ihrem letzten Besuch getrunken hat.« Matthias erhob sich und nannte formell seinen Namen, als hätten sie sich nie zuvor gesehen, worauf die Kellnerin ihm ihren mitteilte.

»Francine de Boni. Ihr Sohn hat mich schon ausgefragt.«

»Ich möchte, dass Sie sich nachher einen Augenblick zu mir hinsetzen«, sagte Matthias.

»Wenn Sie mir Fragen über Ihre Frau stellen wollen, werde ich stehenbleiben. Weil es da nicht viel zu erzählen gibt. Alles, was Sie wissen wollen, habe ich schon Ihrem Sohn gesagt.«

»Der Mann, der mit meiner Frau da war …« Matthias räusperte sich, »war das ein Arzt?«

»Wenn Sie Dr. van Essel meinen, muss ich Sie enttäuschen. Den kenne ich persönlich.«

Matthias schwitzte.

Francine entfernte sich. Als sie wieder zurückkam, brachte sie ein Glas Milch. Sie lächelte jetzt. »Das hat Ihre Frau getrunken.«

Matthias dachte an das ungeborene Kind. »Kennen Sie den Namen? Den Namen dieses Mannes?«

»Das hat Ihr Sohn auch gefragt. Aber ich muss Sie auch diesmal enttäuschen. Wir sind da sehr diskret, was unsere Gäste betrifft. Und da Sie kein Polizist sind, werden Sie von mir auch keine Namen erfahren.«

Matthias holte sein Portemonnaie aus der Jackentasche. Er legte einen Schein neben das Milchglas, weit mehr, als er hätte bezahlen müssen. »Stimmt so«, sagte er.

»Wenn Sie meinen, mich mit Geld zum Sprechen zu bringen, sind Sie auf dem falschen Dampfer.«

»Das war nie meine Absicht«, sagte Matthias. »Bringen Sie mir einen Kaffee. Ich erwarte jemanden.« Er blickte Francine hinterher.

Die beiden älteren Damen waren aufgestanden und halfen sich jetzt gegenseitig in ihre Mäntel.

Das konnte alles nicht wahr sein. Was wurde hier gespielt? War dieses Hotel hier am Ende die Bühne, auf der Olivia ihr persönliches Theater inszeniert hatte? Und welche Rolle hatte sie gehabt? Und wer hatte die Regie geführt?

Hannelore stand plötzlich neben seinem Tisch. Matthias hatte sie nicht kommen sehen. Sie legte einen schweren Kapuzenmantel ab, als wände sie sich aus einem Kokon. Darunter trug sie einen Overall, der sie noch burschikoser erscheinen ließ, als sie ohnehin schon war.

»Muss das gerade hier sein?« Sie setzte sich offensichtlich widerwillig hin.

»Hast du ein Problem damit?«

Hannelores Antwort erübrigte sich, weil Francine zurückkam. Die beiden Frauen blickten sich nur kurz an.

Wie zwei Verschworene, ging es Matthias durch den Kopf.

Hannelore hob ihre Augenbrauen, was ihm nicht entging, und Francine zuckte unmerklich zusammen.

»Ich brauche Sie wohl nicht miteinander bekannt zu machen«, sagte Matthias halb amüsiert zu Francine, die allmählich wieder eine normale Gesichtsfarbe bekam.

»Wir kennen uns flüchtig.« Francine widmete sich einem neuen Gast.

Matthias fiel auf, welche Sensibilität er sich seit Olivias Tod angeeignet hatte. Er meinte, zwischen den Worten den eigentlichen Sinn des Gesagten zu entlarven, die Gesten der Beteiligten zu deuten, etwas, dem er bis anhin nie seine Aufmerksamkeit gewidmet hatte. In diesem Spiel spielte er keine Hauptrolle. Er war der Statist, der Kapitän auf dem Dampfschiff Schiller, ein Mann, dessen Leben während des Studiums eine abrupte Wende genommen hatte. Er, der eigentlich Biologie hatte studieren wollen und sich als Professor gesehen hatte. Wer konnte es wagen, ihn dermaßen an den Rand zu stellen?

»Was war mit Olivia los?« Er sprach leise.

Hannelore musste sich über den Tisch hinwegbeugen, um ihn zu verstehen.

Er wiederholte seine Frage.

»Sie war …« Hannelore machte eine eindeutige Bewegung über ihren Bauch.

Matthias winkte ab. »Das weiß ich bereits. Erzähle mir etwas, von dem ich keine Ahnung habe. War sie krank?«

»So kann man es auch bezeichnen.« Hannelore verdrehte ihre Augen. »Aber denke jetzt nicht, dass ich da irgendeinen Einfluss darauf hatte.«

Sie sprach in Rätseln, und dies ärgerte ihn. »Woher kennst du Francine?«

»Ich glaubte, du läsest Zeitungen?« Hannelores Gegenfrage. Ihr Blick ruhte lange auf seinem Gesicht. »Ich habe sie mal interviewt, als sie das Hotel neu eröffnete.«

»Das Stundenhotel?« Matthias räusperte sich. »Das ist

offensichtlich.« Er erinnerte sich an Francines Äußerungen.

Hannelore zögerte. »Das kann man so nicht sagen. Wohl eher ein Frauenhaus. Ich meine …« Ihre Stimme stockte, »… eine Pension.«

»Und? Hat Olivia davon Gebrauch gemacht?« Es fiel ihm auf einmal leicht, emotionslos darüber zu sprechen. »Ich nehme an, sie war an den Donnerstagabenden hier.«

»Sie war ein paarmal hier«, sagte Francine, an den Tisch kommend. »Ich meine damit, sie hat in den letzten Wochen ein Zimmer gemietet. Am vorigen Donnerstag.«

»Allein?« Matthias blieb weiterhin ruhig, obwohl er alles Mögliche in Betracht zog. Es fühlte sich an, als spräche ein anderer. »Ich muss es wissen. Olivia war meine Frau.«

Francine drehte sich um und sagte beiläufig im Davongehen: »Hannelore wird Ihnen alles erklären.«

Hannelore erhob sich. »Setzen wir uns an einen ruhigeren Tisch? Ich glaube, es könnte länger dauern.« Sie schaute sich um, entdeckte augenscheinlich eine Tür und ging darauf zu. »Ich habe mich tatsächlich mit ihr gestritten«, sagte sie. »Vor zwei Monaten.«

Sie saßen jetzt in einem separaten Saal. Dieser werde nur zugänglich gemacht, wenn viele Gäste kämen, erfuhr Matthias von Francine. »Und von da an ist sie nie mehr bei dir aufgetaucht?« Er starrte Hannelore an und hatte trotzdem das Gefühl, durch sie hindurchzusehen. Er war nicht bei der Sache.

»Wir haben nur noch einmal kurz telefoniert miteinander.«

»Ihr habt eure Freundschaft beendet?«

»Es gibt Dinge, die kann man auch der besten Freundin nicht zumuten.«

»Das muss aber etwas Gravierendes gewesen sein.«

»War es wohl. Es ging darum, dass Olivia dich über gewisse Dinge aufklären sollte. Das hat sie dann nicht getan. Da habe ich einen Schlussstrich ziehen müssen. Auch wenn ich dich nicht besonders mag …«

Matthias war gerührt über so viel Ehrlichkeit.

Hannelore schniefte. »Olivia hat den Bogen eindeutig überspannt.«

»Und damit kommst du erst jetzt nach ihrem Tod zu mir?«

»Was hätte ich denn vorher machen sollen? In erster Linie versuchte ich Olivia zu verstehen.«

»Und, hast du sie verstanden?«

»Manchmal war es schwierig.«

»Ich weiß«, entgegnete Matthias. »Ich habe sie trotzdem oder gerade deshalb geliebt.«

»Das ist es ja gerade. Sie liebte dich genauso.«

»Wo liegt denn dann das Problem?«

»Sie liebte auch …« Sie hielt inne.

Er winkte ab. »Holger van Essel?«

»Wie kommst du denn darauf?«

»Sie sind zusammen in den Tod gefahren.«

Bis dass der Tod sie scheidet, überlegte Matthias, völlig sinnlos. Er schob den Gedanken beiseite.

»Dr. van Essel war Olivias Arzt«, sagte Hannelore.

»Wer ist es dann?«

»Étienne.« Während sie den Namen aussprach, veränderte sich ihre Gesichtsfarbe von hellrosa in eine ungewöhnliche Blässe.

Matthias spürte, wie der Boden unter seinen Füßen nachgab. Die Spannkraft wich aus seinen Beinen, aus dem Rumpf, aus den Armen. Hätte ihm dies ein anderer gesagt, er hätte laut gelacht und es als einen makabren Scherz verstanden. Aber aus Hannelores Mund klang es echt. Er wusste, sie log ihn nicht an, dazu war das Thema zu brisant.

Étienne. Ein Name. Ein Phantom.

Während seines Studiums hatte er einen Étienne gekannt. Étienne, ein seltener Name in seinem Umfeld. Étienne Legrand, der Franzose mit dem charmanten Akzent, den die Studentinnen erotisch fanden und den er extra betont hatte. Damals hatte Étienne reihenweise Freundinnen gehabt, schon der Sprache wegen. Matthias hatte es lächerlich gefunden, dass sich die Mädchen wie Hühner um diesen Gockel scharten.

Matthias war sich sicher, auch Olivia hatte ihn gekannt.

»Du meinst, es gibt einen Zusammenhang?« Er hatte Mühe, den Satz auszusprechen. »War das Kind von ihm?«

»Ich kann dir seine Adresse geben«, wich Hannelore aus.

»Ich werde ihn erschießen!« Er schlug mit der flachen Hand auf den Tisch. »Wir waren glücklich miteinander. Ich verstehe das alles nicht. Nie hat sie sich über negative Gefühle geäußert.« Matthias sackte in sich zusammen. Er würde aufwachen aus diesem Albtraum, und alles wäre wieder gut. Doch seine Gedanken waren umnebelt. Er hatte keine Ahnung, was der Wirklichkeit, was der Illusion entsprach. Er hatte Hoffnung und hegte Zweifel. Eine lähmende Müdigkeit überfiel ihn. In seiner Brust spürte er einen verdächtigen Schmerz.

Ich würde sie jetzt umbringen, wäre sie noch am Leben. Ich habe das alles nicht verdient.

Er schluchzte plötzlich wie ein kleines Kind.

Wenig später hatte er sich wieder gefasst. Er bestellte einen doppelten Whisky und trank ihn in einem Zug aus. Danach noch einen.

Das Reale entzog sich ihm mit jedem Schluck. Sein

Inneres fühlte sich warm an, wie aufgelöst. Er trieb auf rosa Whiskywolken, wie auf Watte, und selbst, wenn er in seinem betrunkenen Zustand hingefallen wäre, er wäre weich gelandet. Welch dämlichen Eindruck musste er auf Hannelore machen.

»Ich werde dich nach Hause begleiten.« Hannelore sorgte sich um ihn. Sie war hilfsbereit, und er verwünschte seine niederen Gefühle ihr gegenüber.

Emmenegger und Weingartner standen im Entree. So wie damals am Morgen um drei. In der Unfallnacht. Nur trugen sie diesmal keine Uniform.

Matthias schwankte. Mit letzter Kraft setzte er sich aufs Sofa im Wohnzimmer, auf den geblümten Überzug (wie hasste er diesen Stoff) und lallte. Er fand die Worte weniger leicht als zuvor. In seinem Kopf formten sich die Sätze, aber es gelang ihm nicht, sie auszusprechen. Er winkte ab, als ihm Rolf ein Kissen unterschieben wollte. Marc sprach mit den Polizisten, als hätte er sich für Vaters unmögliches Verhalten entschuldigen müssen.

»Wir haben Neuigkeiten«, sagte Weingartner. »Es gibt einen Zeugen.«

Marc stellte eine Tasse Kaffee hin. Matthias griff gierig danach. Schlürfte die heiße Brühe und konnte es nicht verhindern, dass er sich die Zunge verbrannte.

»Einen Zeugen?« Die Worte hallten lange nach. »Warum erst jetzt?« Matthias verspürte kein Bedürfnis, das Ganze von vorne zu erörtern. Wieder Fragen, die zu beantworten er nicht imstande war. Er spürte den Schmerz in seinem Schädel. Wie tausend Nadeln durchbohrte er die linke Schläfe. War es noch nicht zu Ende? War sein Verdacht, den er anfangs gehegt hatte, doch nicht so abwegig? Die Perspektiven verzerrten sich.

Einen Zeugen? Und was hatte er gesehen? Oder wollte sich hier nur jemand wichtigmachen? »Was heißt das konkret?« Matthias streckte den Rücken durch.

Natürlich wusste Weingartner nichts Genaueres zu berichten. Vermutlich machte er das absichtlich, um ihn zu erneuten Mutmaßungen zu verleiten. Ein Spiel, dessen Regeln verwirrend schienen. Und trotzdem gab es da einen Joker. Einen Zeugen, der die Richtung der Ermittlungen abrupt ändern würde. Oder sie aus der herkömmlichen Spur werfen würde.

Doch nichts war jetzt so sehr von Wichtigkeit, als Olivias Geschichte zu Ende zu denken. Dass sie ihre eigene Geschichte gehabt hatte, war Matthias brutal vors Gesicht gehalten worden.

Ein Geliebter.

Unvorstellbar, dass Olivia eine Affäre vor ihm hatte geheim halten können. Eine Donnerstagabend-Affäre? Hatten sie sich in Hannelores Wohnung getroffen? Und später im Hotel?

Er musste diesen Mann finden. Matthias erhob sich. Er war nicht so sicher auf den Beinen, wie er sich sitzend gefühlt hatte. Doch er war wild entschlossen, den nächsten Schritt zu tun.

»Ich muss diesen Étienne sprechen«, sagte er leise, an Hannelore gewandt.

Sie saß reglos neben ihm, nachdem sie ihn nach Hause gefahren hatte. Er verlangte den Nachnamen, mit dem er nichts anzufangen wusste.

Étienne Belmont wohnte in Luzern.

Matthias fand seine Adresse in einem alten Haus, das er vom Hörensagen kannte. Es stand in einer belebten Straße eingeklemmt zwischen einem modernen Glasbau und einem Geschäftstrakt. Es erweckte den Eindruck, unter Denkmalschutz zu stehen. Jugendstil, vermutete Matthias. Das Gebäude war früher einmal ein Spritzenhaus der Feuerwehr gewesen. Im Erdgeschoss gab es ein Restaurant, ein Insiderlokal, bei dem eine Vorreservation unerlässlich war, wollte man hier essen. Matthias fragte sich, ob Olivia hier ein und aus gegangen war.

Ein Schild oberhalb der Tür wies auf einen Feiertag hin. Die Fenster zur Straßenseite wirkten unbelebt.

Matthias begab sich auf den Weg, der zum Hinterhof führte. Von hier aus gelangte er über eine schmale Treppe in den oberen Stock. Er drückte eine Klingel und wartete.

Sein Kopf war leer. Er konnte sich noch so darum bemühen, irgendwelche inneren Bilder zu entwerfen. Es gelang ihm nicht. Er besaß nicht einmal mehr die Phantasie, sich das Gesicht und den Körper des fremden Mannes vorzustellen. Da war nichts, was ihn in irgendeine Richtung gewiesen hätte.

Nach einer kleinen Ewigkeit, in der Matthias völlig betäubt gewartet hatte, ging die Tür auf.

»Herr Kapitän«, sagte der junge Mann im Türrahmen. Ein Ausdruck des Erkennens und zugleich des Erstaunens erschien auf seinem gut geschnittenen Gesicht.

Matthias glaubte, aus seiner Stimme Belustigung herauszuhören.

»Sind Sie Étienne Belmont?« Er verwünschte die Unsicherheit, die sich langsam einen Weg an die Oberfläche seines Unterbewusstseins bahnte und in seiner Stimme mitschwang. Er erinnerte sich nicht, diesen jungen Mann, der im Alter seiner Söhne war, schon einmal gesehen zu haben. Einen Moment quälte ihn ein Unbehagen, das gleich wieder verschwand. Allmählich gewann er seine Geistesgegenwart zurück.

»Mein Bruder ist nicht zu Hause«, sagte der junge Mann. »Was wollen Sie von ihm?«

»Wann kann ich ihn sehen?« Matthias atmete erleichtert auf. Wenigstens blieb ihm eine Blamage erspart angesichts der Fragen, die er hätte stellen müssen.

»Er arbeitet.«

Matthias verschränkte die Arme. Dass er nicht daran gedacht hatte. Um diese Zeit gab es doch ein paar Leute, die einer geregelten Arbeit nachgingen. Er ärgerte sich über seine Dummheit. »Kann ich erfahren, wo?«

»Auf der Baustelle beim Inseli. Er ist Maurer.«

Zehn

In diesem Moment drehte sich alles um Matthias herum. Das vermeintlich Normale stand plötzlich Kopf. Warf jeden klaren Gedanken aus der Bahn. Löste das Gewesene auf. Verfälschte sogar die Gegenwart. Matthias musste sich am Türrahmen abstützen. Das hatte man davon, wenn man anderen nachspionierte. Trotzdem meinte er ein Recht darauf zu haben, die Wahrheit zu erfahren. War sein gesamtes Leben mit Olivia eine einzige Lüge gewesen?

Mehr als ein halbes Leben mit Olivia. Fast dreißig Jahre ein Paar. In wie vielen davon hatte er wirklich mit ihr gelebt? Zehn, fünf, zwei Monate? Seit wann war sie an den Donnerstagabenden nicht mit Hannelore, sondern mit Étienne Belmont zusammen gewesen? Und wie viel hatte Hannelore davon gewusst? Welches Ausmaß hatte ihre Verschwörung angenommen?

Oft hatte sich Matthias Geschichten aus seinem Bekanntenkreis angehört, wenn eine Ehe in die Brüche ging, wenn Männer von ihren Frauen verlassen wurden oder die Männer es plötzlich vorzogen, mit einer jüngeren Frau zusammen zu sein. Unzählige Male hatte Matthias getröstet und bis spät in die Nacht hinein den Berater gemimt. Immer mit einer gewissen Genugtuung, dass so etwas in seiner Ehe niemals geschehen konnte.

Ich habe nichts falsch gemacht. Olivia hatte alles. Schönheit und Geld. Die Kinder, die sie sich gewünscht hatte, einen Mann, der sie liebte und verehrte, ein Haus, Luxus, ihre Freiheit …

Hier geriet er ins Stocken.

Olivia hatte protestiert, als er ihr eine Haushaltshilfe anbot. Sie komme gut selbst zurecht, hatte sie gesagt. Sie hatte sich gegen alles gewehrt, was ihr das Leben angenehmer hätte machen können. Weshalb hatte er sich nie darüber Gedanken gemacht? Es war doch sonderbar, dass Olivia das große Haus allein … aber anscheinend hatte sie es gemocht, allein zu Hause zu sein. Sie hatte Zeit im Überfluss gehabt. Vielleicht hatte sie irgendwelche Steckenpferde gehabt … aber selbst darüber hätte er doch Bescheid wissen müssen. Sie hatte nicht gemalt, nicht geschrieben, nicht musiziert. Nach der Geburt ihrer Söhne hatte sie ihre eigenen beruflichen Ambitionen hintangestellt. Sie war vollumfänglich für ihre Familie da gewesen.

Sie hatte einmal pro Woche eingekauft und einmal gründlich geputzt. Aber dies hatte in seinen Augen keine große Zeit beansprucht.

In den letzten vier Jahren hatte Marie den Kinderhort besucht, später den Kindergarten, dann die erste Klasse. Anfangs war sie drei, als sie sechs Jahre alt geworden war, nicht mehr als sechs Stunden pro Tag von zu Hause weggewesen.

Olivia hatte dennoch Zeit gehabt. In Hülle und Fülle.

Sie hatte genug Freiheit gehabt. Eine Freiheit, die ihm, so glaubte Matthias, nun zum Verhängnis geworden war.

»Maurer, sagten Sie?« Matthias kehrte in die Gegenwart zurück. Ein Maurer war kein Dozent. Er war ebenso wenig ein Intellektueller oder … ein verantwortungsvoller Kapitän auf dem schönsten Dampfschiff der Welt. Unvorstellbar, dass Olivia sich mit seinesgleichen abgegeben hatte.

Belmonts Bruder überreichte Matthias einen Ortsplan mit der eingezeichneten Baustelle. In der Nähe des Inseli.

In der Nähe der Anlegestellen der Dampfschiffflotte des Vierwaldstättersees. In der Nähe seines Arbeitsplatzes.

Welch eine Ironie. Welch ein Paradoxon.

»Sie können sich dort nach ihm erkundigen«, sagte der junge Mann. »Ich glaube, er erwartet Sie.«

Matthias hielt inne. Überlegte, ob er richtig gehört hatte. Dann fiel es ihm wie Schuppen von den Augen.

Es kam ihm so vor, als hätten alle um ihn herum Bescheid gewusst darüber, in welchen Kreisen Olivia verkehrte. Hinter seinem Rücken hatten sie die Fäden gezogen, miteinander kommuniziert und ihn geschickt ausgetrickst. Ihn. Matthias Stadelmann.

Er verkam zur Nebenfigur auf Olivias Bühne. In ihrem Leben. Und schlimmer: Ihre Freunde amüsierten sich auf seine Kosten.

Im Davongehen bemerkte er die Wut, die sich vom Bauch heraus in seine Glieder ausbreitete. Er gebot sich Ruhe. Ein Restfunken Hoffnung blieb trotzdem.

Die Baustelle war nicht sehr groß, er konnte die Lage innerhalb weniger Sekunden überblicken. Matthias fuhr auf die einzige Baracke zu, die im Vordergrund eines zweistöckigen Gebäudes im Rohbau stand.

Es war später Nachmittag. Wolken und Sonne vollführten einen wilden Tanz am Himmel. Über dem See kräuselte sich das Wasser. Ein Motorschiff zog eine Furche hinter dem Heck nach.

Eine Gruppe Handwerker hatte die Arbeit niedergelegt und steuerte jetzt auf die Baracke zu. Es bedingte, dass Matthias ihren Weg kreuzte, was ihm nicht ungelegen kam. Er parkte und stieg aus dem Auto.

»Ich suche Étienne Belmont.« Er näherte sich den Männern. Stämmige Burschen, denen der Beton an den

Kleidern klebte. Lehm im Gesicht, als hätten sie sich einer Maskerade unterzogen. Man sah ihnen an, sie hatten einen strengen Arbeitstag hinter sich.

Matthias sah sie der Reihe nach an. Richtige Kerle, die anzupacken wussten.

»Im Büro dort drüben«, sagte einer der Arbeiter. Mit argwöhnischem Blick taxierte er Matthias.

Passte ihm sein Anzug nicht? Matthias mochte es, sich an freien Tagen modisch zu kleiden. Auch jetzt, im Angesicht von Olivias Tod. Oder gerade deshalb. Er drehte sich um und stieg kommentarlos eine Treppe zum Pavillon hoch. Er öffnete eine Tür und gelangte in einen Korridor. Er folgte dem Klang einer alpenländischen Musik, die aus einem der beiden Räume drang und vor der ihm graute.

Der Mann, der vor dem aufgespannten Bauplan stand, wandte ihm den Rücken zu. Matthias hatte genug Zeit, ihn von hinten zu betrachten.

Seine sportliche Figur provozierte ihn. Matthias wünschte sich, der Fremde möge ein anderer sein als Belmont. Dass sich die Arbeiter getäuscht hatten und er ihn nicht in diesem Büro vorfinden würde.

Schwarze Haare fielen ihm knapp über den Nacken, standen widerspenstig vom Kragen ab. Der Mann war groß. Schlaksig, fand Matthias.

Er fand alle Männer schlaksig, die nicht in sein typisches Mannsbild passten. Er versuchte den Gedanken zu verdrängen. Trotzdem empfand er ein starkes Charisma, das von dem Fremden ausging. Auch wenn er ihm den Rücken zudrehte. Der Mann skizzierte mit flinken Fingern Striche auf den Plan.

Maurer sollte er sein? Der hier sah eher nach einem Architekten aus. Ein Chef. Ein Boss. Ein Alphatier. Einer, der die Kompetenz besaß, einen bereits vorhandenen Plan nach seinem Gutdünken zu bearbeiten oder zu ändern.

Matthias räusperte sich.

Der Fremde drehte sich um. Sofort machte er einen Schritt vorwärts. »Mein Bruder hat mich über Ihr Kommen bereits informiert.« Seine Stimme klang tief, mit einem erotischen Timbre.

Matthias kam nicht darum herum, ihm in die Augen zu sehen, die unter ausdrucksvollen Brauen brannten.

»Ich habe damit gerechnet, dass Sie eines Tages hier auftauchen.« Er streckte die rechte Hand zum Gruß aus. »Ich bin Étienne Belmont.«

Matthias wurde schwindlig ob so viel Selbstgefälligkeit. Der letzte Rest Hoffnung, dass er nicht vor seinem Nebenbuhler stand, verschwand. Zorn kroch in ihm hoch. Oder war es Neid?

»Sie kennen mich?«

Belmont war einige Jahre jünger als er. Attribute wie jung, erfolgreich wären zutreffend gewesen … »Belmont & Partner«, dass ihm das nicht gleich in den Sinn gekommen war. Die Plakate, die für das Baugeschäft warben, befanden sich auch auf dem Weg, den Matthias täglich in die Stadt zurücklegte.

»Ich habe einmal ein Bild von Ihnen in der Zeitung gesehen.« Um Belmonts Mundwinkel erschien der Anflug eines Lächelns. »Sie haben eine Zeit lang sehr von sich reden gemacht.«

Matthias ahnte, worauf Belmont anspielte. Seine unkonventionellen Lehrbücher nach seinem verpatzten Studium hatten die Aufmerksamkeit der Presse auf sich gezogen. Matthias erinnerte sich nicht gern daran. »Ich habe gehört, Sie kannten meine Frau Olivia«, sagte er, um vom Thema abzulenken. Gleichzeitig hätte er sich wegen seines Stammelns ohrfeigen können. Vielleicht wäre es besser gewesen, er hätte diesem Kerl gleich eine Tracht Prügel erteilt. Trotz seiner Wut hielt er sich zurück. Er blickte Belmont an und glaubte, ihn irgendwo schon einmal gesehen zu haben. Die markanten Gesichtszüge, die Augenpartie. Vielleicht gab es jemanden, der ihm sehr ähnlich sah. Der Bruder war es nicht.

»Ein enormer Verlust«, sagte Belmont. »Jetzt sind wir so etwas wie Leidensgenossen.« Er schob zwei Stühle zurecht. »Setzen Sie sich.«

»Der Tod hat wohl eine Wahrheit zutage gefördert, die sonst nie ans Licht gekommen wäre.« Matthias musste sich räuspern. Der Kloß in seinem Hals wuchs ins Unermessliche. Mit jedem Satz, den er aussprach, machte er sich zum Hampelmann. Er musste sich einen Moment auf der Tischplatte vor ihm abstützen. Sein Puls raste.

Ich werde zum Mörder, sagte er sich. Es braucht nicht viel und ich könnte ihn umbringen.

»Es gibt Situationen, in denen man die Wahrheit lieber verdrängt, weil sie sonst zu sehr schmerzen würde«, sagte Belmont.

Wie wahr, dachte Matthias. Hatte er nicht irgendwann einmal die gleichen oder ähnliche Gedanken zugelassen? Er fand nicht heraus, ob Belmont es ernst meinte.

Dieser ließ ihn keinen Augenblick aus den Augen. »Wir wissen beide, wie sehr Sie an Olivia hingen.«

Wir? Meinte er sich und Olivia?

»Sie waren glücklich mit ihr«, fuhr Belmont seelenruhig fort. »Olivia genoss das Glück mit mir. Letztendlich waren alle zufrieden.«

Was für eine Anmaßung! Wie wollte dieser Kerl wissen, wie glücklich Matthias mit Olivia gewesen war?

»Ihr Verlust hat mir das Herz aus der Brust gerissen«,

sagte Belmont. »Ich habe gehofft, Sie hier zu treffen. Vielleicht lässt sich unsere Trauer so besser ...«

»Ich habe ihr alles gegeben.« Matthias hatte das Bedürfnis, sich zu rechtfertigen, ohne auf Belmonts Worte einzugehen. Er weigerte sich, seine Trauer mit diesem Mann zu teilen. »Geld, Glück, ihre Freiheit.«

»Vergessen Sie das Geld«, sagte Belmont. »Olivia war nicht so versessen darauf. Sie hätte den Lebensstandard, den Sie ihr boten, bei mir genauso gehabt. Aber glauben Sie mir, Olivia war ein guter Mensch ... Wir kennen uns seit acht Jahren. Sie hat es nie übers Herz gebracht, Sie zu verlassen.«

Mit drei Sätzen war alles gesagt, was ein halbes Leben beinhaltete. Matthias fühlte sich so elend, als hätte ihn Belmont mit einer Walze überrollt. Der Schmerz in seiner Brust war wieder spürbar, in seinen Ohren rauschte es.

»Sie wollte schon der Söhne wegen bei Ihnen bleiben«, endete Belmont.

»Und wegen Marie«, fügte Matthias hinzu, dem es ein Bedürfnis war, nicht alle Wörter aus dem Mund zu geben.

Ihm entging nicht Belmonts eigentümliches Lächeln, als dieser fast tonlos sagte: »Marie ist nicht Ihre Tochter.«

Mit einem solchen Schlag hatte er nicht gerechnet.

Doch es gibt immer noch etwas, das das Vorhergehende in den Schatten stellt, verblassen lässt, gegenstandslos macht. Als wäre man einer Prüfung unterworfen, um festzustellen, wie weit einen solche Dinge angreifen, verletzen, entwürdigen könnten.

Bis anhin hatte Matthias seine Reflexe unter Kontrolle gehalten. Er war ein Mann der ruhigen Überlegungen. Doch jetzt hätte er Belmont am liebsten mitten ins Gesicht geschlagen. In dieses jungenhafte Gesicht mit den schwarzen Augen, die seine Olivia gierig begafft hatten.

Er holte aus.

Doch Belmont fing rechtzeitig seine Hand auf und wehrte ihn ab. Matthias hatte gegen dessen Kraft keine Chance. Er blickte auf Belmonts Hände. Er hatte Olivia damit angefasst. Sie hatten ihren schönen Körper erkundet, wer weiß wie, und ihre empfindlichsten Stellen liebkost.

Er hörte sie seufzen und wimmern. Stöhnen und weinen. Und merkte, dass er selbst tief seufzte.

Marie. Sie glich ihrem Vater. Die Ähnlichkeit war nicht zu verleugnen. Jetzt wusste er es. Die markanten Gesichtszüge, die auf Maries Gesicht mädchenhafter wirkten, die Augenpartie. Das weibliche Double. Die Gene logen nicht.

Aber was war dieser Belmont für ein Mann, der sein eigenes Kind verleugnete?

»Sie haben mir ein Kuckucksei ins Nest gelegt.« Matthias versuchte mit letzter Kraft, seiner Emotionen wieder Herr zu werden. Er bemühte sich, einen ebenso abgeklärten Eindruck zu hinterlassen, wie Belmont es tat. Er versuchte, alles aus der Distanz zu sehen. Nur so war es möglich, das Ganze zu ertragen.

»Ich habe es erst kurz vor Olivias Tod erfahren«, bedauerte Belmont.

Matthias schüttelte den Kopf.

Die Nacht nach dem Konzert. Die Sinfonie. Das schwarze, mit Pailletten besetzte Kleid. Olivias Lachen, das hintergründige … War alles nur ein Täuschungsmanöver gewesen? War sie da schon schwanger gewesen?

»Sie hätte es mir weiterhin verschwiegen, wenn sie nicht noch einmal ein Kind von mir erwartet hätte«, sagte Belmont kaum hörbar.

Matthias verstummte. Belmonts Geständnis verwirrte ihn. Öffnete sich in diesem Moment eine Männerseele?

Kam jetzt der sprichwörtlich weiche Kern in der harten Schale zum Vorschein?

Olivias Stimme hatte anders geklungen als sonst. Jetzt wusste er weshalb. Sie war die ganze Zeit mit Belmont zusammen gewesen, während sie miteinander telefonierten.

Sie hatte gezittert.

Er hatte sie früher oft so zittern sehen, wenn sie bei ihm lag und er sie berührte.

»Es ist nicht leicht, eine Frau wie Olivia zu verstehen«, sagte Belmont.

»Was wussten Sie denn von ihr?«, fragte Matthias.

Es war nicht leicht, eine Frau wie Olivia zu vergessen, ging ihm durch den Kopf.

Ein schreckliches Gefühl beherrschte ihn. Seit acht Jahren hatte er Olivia mit diesem Mann hier geteilt. Belmont hatte ihm acht Jahre seines Lebens gestohlen. Er hatte seine Frau besessen. An jedem Donnerstag.

»Wann war sie denn bei Ihnen?« Matthias fand die Frage überflüssig, trotzdem meinte er, sie stellen zu müssen. Um seiner Stimme die Festigkeit zurückzugeben, die sie verloren hatte.

»Während Sie die Zeit auf dem Schiff verbrachten. Von Freitag bis Mittwoch«, antwortete Belmont.

Acht lange Jahre. Die Worte erklangen aus dem Hintergrund. Weit weg, wie verzerrt, weil Matthias sie nicht begreifen wollte. Von Freitag bis Mittwoch.

Nicht am Donnerstagabend?

Und er hatte nichts davon mitbekommen. Sie hatten die Affäre vor ihm verheimlicht. Oder war es eine zweite Beziehung gewesen? Ein zweites gelebtes Leben mit einem anderen Partner?

Und Andrea? Wusste sie davon? Hannelore? Seit wann war sie eingeweiht?

War es eine Verschwörung gewesen?

Eigentlich, dachte Matthias, ist das alles nicht mehr wichtig. Ich habe meine Liebe verloren, unter welchen Umständen auch immer. Laut sagte er: »Wo liegt der Unterschied, ob Olivia mit dem Auto in eine Brücke kracht oder mich hinterrücks betrügt? Jetzt ist sie tot«, flüsterte er, »und dort, wo ich sie, nachdem ich erfahren habe, wie sie meine Gefühle mit Füßen getreten hat, auch hingewünscht hätte. In den Tod.«

»Glauben Sie, sie fuhr absichtlich in den Brückenpfeiler?« Belmont kam um Matthias' Stuhl herum. »Sie war eine starke Frau.«

»Sie Ignorant!« Matthias erhob sich. Jetzt standen sie sich Auge in Auge gegenüber. »Wenn sie sich so stark fühlte, hätte sie wohl kaum einen Schwangerschaftsabbruch in Betracht gezogen«, sagte er mit Genugtuung, bereute es aber sofort wieder. War er bereit, sich auf ein derartiges Gespräch einzulassen?

»Sie war fünfundvierzig«, sagte Belmont.

Matthias schwieg betroffen. Vielleicht hatte Belmont das, was ihm selbst abhandengekommen war in den wenigen Tagen seit dem Unfall. Einen klaren Verstand. Einen emotionslosen Durchblick. Er sah die Dinge, wie sie wirklich waren. Er hatte es vielleicht sogar geschafft, Olivias Hang zum Irrealen etwas entgegenzusetzen.

Mit seiner Liebe etwa?

Belmont jedoch erweckte nicht den Eindruck, Olivia sehr geliebt zu haben. Ob er sie nur begehrt und besessen hatte? War er nur zu ihrem Körper vorgedrungen, ohne die Seele zu entdecken? War ihm der Zugang zu der wirklichen Schönheit dieser Frau verwehrt geblieben? Hatte er nur ihr Äußeres gesehen und das Tiefgründige übersehen?

Matthias wollte sich zurückziehen. Der große Unbekannte hatte zwar Gestalt angenommen. Trotzdem schien ihm der Zugang zu seinen wirklichen Emotionen zu fehlen. Vielleicht lag es daran, dass Olivia nicht mehr existierte. Der Unfall erschien ihm wie eine Rechtfertigung, eine Art Sühne ihres Betrugs. Die Tatsache, dass auch Belmont unter dem Verlust litt, erfüllte Matthias mit Befriedigung.

Er stand jetzt sehr nahe bei Belmont, er spürte dessen Atem. So etwas wie Mitleid machte sich bemerkbar.

Das ist so, wenn man nur die Hülle besitzt, wollte er sagen, hielt sich jedoch zurück. Männer sagen einem anderen Mann nicht, was sie denken, wenn es um etwas Delikates geht. Und über Gefühle reden sie in Anwesenheit des anderen schon gar nicht.

Er hatte bereits zu viel geredet.

Belmont wirkte kalt. Auf den ersten Blick. Er würde sich ihm gegenüber genauso zeigen.

Marie. Matthias versuchte, die aufkommenden Gedanken an seine Tochter, die nicht seine eigene war, zu unterdrücken. Lange genug, um den Schmerz in seiner Mitte im Zaum zu halten. Länger noch, um zu wissen, wie weit er damit gehen konnte, um nicht seinen Verstand zu verlieren. Marie trug keine Schuld.

»Was geschieht jetzt mit … Ihrer Tochter?« Matthias hatte die Frage hinausgezögert. Die Frage, mit der er, was er eigentlich nicht hatte tun wollen, Marie zu einer Sache verkommen ließ.

Marie, die er als kleines Menschenbündel durch die Lebenspforte sich hatte kämpfen sehen. Später als geplant, als hätte sie sich schon damals der kalten Welt widersetzt, die draußen auf sie wartete. Der Augenblick, in dem er selbst wie ein Kind an Olivias Seite geweint hatte. In diesem überwältigenden Mitleiden und der großen Freude, nach zwei Söhnen ein Mädchen bekommen zu haben. Das dritte Mal, dass er die Geburt eines Kindes bewusst miterlebt hatte. Doch diesmal war es intensiver gewesen: die Geburt *seiner* Tochter.

Alles brach auseinander.

Vielleicht hatte er mit Belmonts Antwort gerechnet. Eine Antwort, die das Widersprüchliche des Gegenübers unterstricht.

»Sie müssen verstehen, dass ich keine Beziehung zu dem Mädchen habe. Es kennt mich nicht einmal.«

Matthias verstand ihn.

So schnell kann man aus einer Affäre flüchten und sich der Verantwortung entziehen. Aber vielleicht trug Belmont gar keine Schuld. Olivia war diejenige, die sich die Freiheiten einer zweiten Beziehung herausgenommen hatte. Plötzlich war jeder Gedanke zu viel.

Matthias drehte sich um und verließ wortlos den Raum. Hier war nichts mehr zu tun. Er nahm sich vor, diese Begegnung aus seinem Gedächtnis zu streichen. Im Verdrängen war er ja sehr geübt.

Er spürte Belmonts Blick auf seinem Rücken, als er zum Wagen schritt. Er drehte sich rasch um. Eine Frage brannte auf seiner Zunge. »Kann es sein, dass Sie erst kürzlich aus meinem Haus ein Bild von Olivia entwendet haben?«

Belmont wusste offenbar nicht, wovon er sprach. Hatte Matthias geglaubt, er würde ihm brühwarm einen Einbruch in seine Villa gestehen?

»Besitzen Sie eventuell einen Schlüssel zu unserem Haus?« Er musste beenden, was er angefangen hatte.

»Wenn Sie meinen, dass mich Olivia während Ihrer Abwesenheit in Ihr Haus gelassen oder dass sie mir sogar einen Schlüssel ausgehändigt hat, muss ich Sie enttäuschen. Die Umgebung, in der sie mit Ihnen zusammenlebte, war ein absolutes Tabu für mich.«

Somit war für Matthias alles klar.
Und doch nicht.

Nichts war mehr, wie es gewesen war.

Keine Spur mehr von dem, was einst als außergewöhnlich gegolten hatte. Sie existierte doch nicht, die allumfassende Liebe. Nicht für Matthias Stadelmann.

Er fuhr wieder nach Küssnacht zur Unfallstelle. Die Mauer, schwarz eingefärbt, als hätte jemand mit einem Pinsel wahllos darübergestrichen, stand wie ein Mahnmal.

Die Blumen waren inzwischen verwelkt. Oder konserviert in der Kälte des Herbstes.

Wie die Liebe. Ausgelöscht. Vergangen.

Oder kaltgestellt.

Er fragte sich, ob Olivia ihn je geliebt hatte. Oder ob sie seine Liebe nur dazu genutzt hatte, einer konservativen Erziehung zu entkommen. Aber er musste sich eingestehen, dass er und nicht sie durch diese Verbindung aus dem Bürgerlichen, Kleinkarierten, Engstirnigen ausgebrochen war. Damals.

Und dass sie zusammengewachsen waren.

Mit der Geburt ihrer beiden Söhne, die vielleicht auch nicht seine eigenen waren, wie er erschrocken feststellte. Die Jahre danach, in denen er wie ein Irrer diverse Fortbildungskurse absolviert hatte, um sein versäumtes Studium wettzumachen. Die Lehre als Maschinenbauer, die Abendschule und die Ausbildung zum Ingenieur. Dann der Weg zum Kapitän. Die Jahre auf dem DS Schiller, sein Winterjob als Dozent.

Daran musste er denken.

Hatten sich Ursache und Wirkung verschoben? War er selbst zur Ursache allen Übels geworden? Hatte er negative Energien ausgesandt, die jetzt zu ihm zurückkehrten?

Aus einer anderen Richtung? Spielte Belmont am Ende nur die Rolle, die ihm zuteilgeworden war?

Und der Unfall selbst? War er geschehen, um das Rad der Zeit zu drehen? Zurück zu dem Punkt, wo die Lügen begonnen hatten? Hatte der Unfall geschehen müssen, um Olivias Doppelleben aufzudecken?

Die Fragen quälten Matthias, als er aus seinem Wagen stieg. Irgendetwas Unerklärliches existierte. Er dachte an das Blumengebinde am Straßenrand, als er es zum ersten Mal gesehen hatte. Ein Hinweis auf das Kommende oder auf das Vergangene?

Der Gedanke zeigte ihm wie ein Geistesblitz einen Weg auf. Sabine, die er kurz darauf kennengelernt hatte. Zug um Zug war er der Wahrheit nähergekommen. Alle involvierten Personen hatten sich ihm zu erkennen gegeben. Zuletzt Belmont.

Den Letzten beißen die Hunde.

Matthias stand eine Weile da. Er sah den Brückenpfeiler an, entlang der geraden Straße, die an ihm vorbeiführte. Die Zufahrt auf die Hauptstraße.

Der Unfall war kein Zufall gewesen. Je länger Matthias darüber nachdachte, umso konkretere Formen nahmen seine Ideen an.

Vielleicht gab es doch etwas Höheres, nicht Greifbares.

Wurde er jetzt dazu gezwungen, diesem Mysterium in die Augen zu sehen?

Alles war erklärbar.

Matthias schaute auf das Auto, das auf ihn zufuhr. Den Fahrer hinter der Windschutzscheibe konnte er nicht erkennen, als dieser abrupt auf das Bremspedal trat und den Wagen mit quietschenden Reifen fast zum Stehen brachte.

Matthias sah in die entgegengesetzte Richtung und erkannte den Grund. Von der Zufahrtsstraße her kam ein

Wagen mit überhöhter Geschwindigkeit und fuhr ungebremst in die Gerade ein, obwohl er keinen Vorrang hatte. Es hatte den Anschein, als hätte der Fahrer das Auto, dem er jetzt den Weg abschnitt, nicht gesehen.

Der Betroffene setzte reflexartig zum Überholen an, um den anderen Wagen nicht zu rammen. Übersah dabei aber den korrekt entgegenkommenden Automobilisten auf der Gegenfahrbahn, der wiederum dank seines klaren Verstandes richtig handelte.

So musste es gewesen sein. Irgendwelche Typen hatten ein Wagenrennen veranstaltet, überholt und dabei Olivias Opel übersehen. Er las fast täglich über solche jungen Raser, die, kaum waren sie im Besitz eines Führerscheins, mit ihresgleichen ihre Kräfte auf der Straße maßen. Mit aufgemöbelten Sportwagen, denen sie nicht gewachsen waren.

Olivia hatte keine andere Möglichkeit gehabt, als auszuweichen. Ungebremst, weil sie wahrscheinlich allzu schnell mit dieser Situation konfrontiert worden war. Es hatte Nebel in dieser Nacht gegeben. Die Sicht war schlecht gewesen. Olivia hatte den Brückenpfeiler vielleicht nicht einmal gesehen. Das erklärte auch das Fehlen der Bremsspuren.

Matthias griff zum Mobiltelefon. Er musste seinen Verdacht unverzüglich Häfliger mitteilen.

»Was meinen Sie«, sagte dieser, »was wir in den letzten Tagen ausgemessen haben? Selbst wenn ein Überholmanöver stattgefunden hätte, hätte der Überholende schon früh die Fahrbahn wechseln müssen, um das Ausweichen des Unfallwagens herbeizuführen. Aber auf dieser Höhe hätte er den Wagen, der von der Zufahrtsstraße herkam, gar nicht sehen können. Der andere Brückenpfeiler hätte ihm die Sicht nämlich verdeckt. Wir gehen aber davon aus, dass der Fahrer die Scheinwerfer des Unfallwagens auf der Geraden nicht hätte übersehen können, falls es so gewesen sein sollte ... Ich habe aber Neuigkeiten«, fuhr Häfliger fort. »Es gibt tatsächlich einen Zeugen, der gesehen hat, wie zur Zeit des Unfalls ein weiterer Wagen in der entgegengesetzten Richtung fuhr und die Fahrbahn auf der Höhe des Brückenpfeilers wechselte. Wenn diese Aussage stimmt, sieht es danach aus, als hätten wir es mit einem vorsätzlich herbeigeführten Unfall zu tun.«

Matthias musste dies erst verdauen. Hatte Häfliger absichtlich nicht Mord gesagt?

»Warum um alles in der Welt hat sich der Zeuge erst jetzt gemeldet?«

Ob er schon einmal etwas von Schock gehört habe, fragte Häfliger und bat ihn im gleichen Atemzug, in seinem Büro zu erscheinen.

Häfliger war nicht allein.

Bei ihm waren Weingartner, zwei Männer mittleren Alters, die Matthias nie zuvor gesehen hatte, und Sabine. Instinktiv wich Matthias einen Schritt zurück. Er hatte sie hier nicht erwartet.

Häfliger machte die Herren miteinander bekannt. »Dr. Hug von der Rechtsmedizin und Hans Mahler, der mutmaßliche Zeuge«, ein unsicher wirkender Mann, der nervös von einem Bein aufs andere trat, bevor er sich, von Häfliger aufgefordert, auf einen Stuhl setzte.

Matthias ließ sich ihm gegenüber nieder.

Bevor er Mahler mit seinen Fragen behelligte, eröffnete Weingartner das Gespräch. »Wir haben Herrn Mahlers Aussage bereits protokolliert«, sagte er, einen Blick Matthias zuwerfend. »Ich möchte deshalb allen Anwesenden hier, insbesondere Frau Wicki und Herrn Stadelmann, den

Unfallhergang näher erläutern. Wir sind, auch dank unserem Zeugen, Herrn Mahler, zu dem Schluss gekommen, dass der Unfall durch Drittverschulden herbeigeführt worden ist. Der Technische Dienst hat alle ihm zur Verfügung stehenden Daten sowie die Ausmessungen vor Ort miteinander verglichen, ausgewertet und das gleiche Resultat erzielt. Wir wissen, dass unser Zeuge zum Zeitpunkt des Unfalls unter Schock stand und deshalb weitergefahren ist. Später ist er dann auf einen Zeitungsartikel aufmerksam geworden, und mithilfe seines Arztes hat Herr Mahler den Weg zu uns gefunden. So weit das Wichtigste in Kürze.«

Matthias wandte sich an Mahler. Er konnte das Gesagte so nicht im Raum stehen lassen. »Haben Sie den Wagen, der auf der falschen Fahrbahn fuhr, erkennen können?«

Mahler schwieg, als hätte man ihm das so aufgetragen.

Häfliger forderte Matthias auf, ihn nicht zu unterbrechen.

»Herr Mahler fuhr, wie er selbst sagt, an diesem frühen Morgen direkt hinter dem Unfallverursacher her, nachdem dieser von einer auf die andere Sekunde ein Wendemanöver vollführt hatte und auf der Gegenfahrbahn weiterfuhr.« Weingartner hörte sich gestresst an. »Er sah, wie der Unfallwagen von der Straße abgedrängt wurde und ungebremst in den Brückenpfeiler raste. Die verheerenden Folgen davon kennen Sie.«

»Haben Sie die Wagennummer identifizieren können?« Matthias platzte fast vor Ungeduld und sah Mahler eindringlich an.

»Es herrschte dichter Nebel in dieser Nacht«, sagte Häfliger.

»Sie haben also keinen einzigen Anhaltspunkt?« Matthias spürte, wie seine Hände feucht wurden. »Wie wollen Sie gesehen haben, dass der Wagen auf der falschen Fahrbahn fuhr, wenn der Nebel angeblich so dicht war? Ich gehe davon aus, dass Sie weder einen Mittelstreifen noch sonst etwas ausmachen konnten.« Matthias erhob sich und wandte sich an Sabine. »Sie geben sich hoffentlich auch nicht zufrieden damit. Das könnte kaltblütig geplanter Mord gewesen sein … wenn wir der Polizei glauben dürfen.«

»Das ist Ihre Sichtweise«, fuhr Weingartner dazwischen. Es schien, als hätte er Matthias' zynische Anspielung nicht verstanden. »Wir gehen davon aus, dass es sich um einen vereitelten Selbstmord handelt, der einen Unfall mit Todesfolge und die Fahrerflucht des Verursachers nach sich gezogen hat.«

»Die dritte Möglichkeit ist, der Flüchtige könnte unter Alkoholeinfluss gestanden haben«, fügte Häfliger hinzu.

Weiterhin nur Spekulationen. Matthias setzte sich wieder. Was würde es ändern, wenn die ganze Wahrheit ans Licht kam? Olivia blieb tot und er hatte die grauenvolle Gewissheit, dass sie ihn über Jahre belogen und betrogen hatte. Interessierte es ihn, wer schlussendlich den Unfall verursacht hatte? Sollte er diesem Unbekannten nicht einfach dankbar sein, dass er diese Schande zutage gefördert hatte?

Aber vielleicht hätte Matthias mit Olivia glücklich weitergelebt und nie erfahren, was da hinter seinem Rücken geschehen war.

Die Wahrheit war nicht zu ertragen, das wusste er jetzt. Und trotzdem wurde er gezwungen, sie zu ertragen.

Elf

Sein Haus war in sich zusammengefallen.

Sein Lebenshaus, das auf einem spröden Fundament aufgebaut gewesen war. Aus nichts als Lügen. Olivias Tod hatte alles zunichtegemacht. Ein Erdbeben von kurzer Dauer.

Ein Schlag aus dem Nichts. Mehr als ein Schicksalsschlag.

Matthias sah, wie Sabine weinte, und er hatte Mitleid mit ihr. Aber das zeigte er ihr nicht.

Der Unfall war eine Verkettung von unglücklichen Zufällen gewesen. Das ging ihm jetzt durch den Kopf. Hätte Dr. van Essel keine Panne gehabt, hätte Olivia nicht angehalten und wäre dadurch einige Minuten früher am Brückenpfeiler vorbeigefahren. Unbehelligt. Sie wäre pünktlich zu Hause eingetroffen, hätte sich schlafen gelegt und die Tage danach hätten sich wie die Tage zuvor aneinandergereiht. Monat für Monat. Jahr für Jahr. Unter der Woche hätte sie sich mit diesem Belmont getroffen, wäre an den Abenden und Wochenenden für ihn, Matthias, da gewesen, und hätte die Donnerstagabende mit Hannelore verbracht … Irgendwann hätte sich auch das wieder eingerenkt. Man kann eine Freundschaft zwischen zwei Frauen nicht einfach so beenden.

Dr. van Essel hätte Olivias Schwangerschaft abgebrochen, ohne dass Matthias etwas davon erfahren hätte. Und er Idiot hätte ihr die Geschichte mit dem Krafttraining abgenommen.

Aber er wäre weiterhin glücklich gewesen.

Er, Matthias Stadelmann.

Ein Name, auf den er einst so stolz gewesen war.

Wie schnell geht etwas kaputt, an dem man ein Leben lang gearbeitet hat. Mit einem einzigen Schritt in eine andere Richtung, weg von einem Klischee. Und genau dann, wenn man diesen Schritt vollzogen hat, gibt es eine Kettenreaktion von Zufällen, die eigentlich keine Zufälle sind, sondern Begebenheiten, die so geschehen müssen, weil die Wahrheit am Ende immer die besseren Trümpfe hat, auch wenn sie nicht zu ertragen ist.

Wortlos verließ Matthias den Polizeiposten.

Es lag nicht mehr in seiner Macht, den flüchtigen Unfallverursacher zu finden. Vielleicht hatte sich dieser in der Zwischenzeit ja doch noch umgebracht.

Das änderte auch nichts mehr.

Matthias nahm sich vor, Hannelore über die Entwicklung der Dinge zu informieren. Das war er ihr schuldig. Er musste plötzlich an das zweite Stück Schwarzwälder Torte denken, das Olivia einst erbettelt hatte, um es ihrer Freundin mitzubringen. Hannelore, ihrem lebendigen Schatten.

Schatten.

Ein Schatten war immer da.

Matthias verwischte den absurden Gedanken.

Schon früh am nächsten Morgen stand er auf Belmonts Baustelle. Er musste lange warten, bis Belmont erschien. Der hat es wohl nicht nötig, dachte er und erinnerte sich an seine eigene Arbeit, die er seit Tagen aus seinem Gedächtnis gestrichen hatte. Er hatte es sogar versäumt, Pablo Riedweg über die Dauer seiner Abwesenheit zu informieren. Ein anderer hatte wohl seine Arbeit übernommen, würde an seiner Stelle auf dem Vorderschiff stehen und Direktiven erteilen. Nur noch bis Sonntagabend.

Belmont kam mit einem schnittigen Straßenflitzer daher. Es gab immer wieder Menschen, die schafften es, attraktiver, auffallender, selbstgefälliger zu sein als alle andern. Dennoch glaubte Matthias nicht, Olivia könnte deswegen ihren Kopf verloren haben. Da musste weit mehr dahintergesteckt haben.

Das freche Grinsen auf Belmonts Gesicht gab Matthias den Rest. Er fragte sich, ob dieser junge Beau bereits wieder eine andere Frau neben sich hatte, die ihn nach Olivias Verlust tröstete. Matthias konnte sich nicht so leicht damit abfinden.

»Kann ich etwas für Sie tun?«, fragte Belmont beim Aussteigen. Seine Gesichtszüge waren nun ernst.

»Ich habe eine einzige Frage, die mich seit dem Abend beschäftigt«, sagte Matthias und schritt neben Belmont zur Baracke. Er kam sich alt vor neben dem Mann an seiner Seite. »Wann haben Sie sich zum letzten Mal mit Olivia im Hotel an der Autobahnausfahrt getroffen?«

»Von welchem Hotel sprechen Sie?« Belmont gab sich sichtlich überrascht.

Matthias nannte den Namen, womit Belmont nichts anzufangen wusste.

»Das muss ein Missverständnis sein.« Er öffnete die Tür zu seinem Büro. »Wir haben uns nie außerhalb meiner Wohnung getroffen. Olivia wollte das verständlicherweise nicht. Es lag ihr sehr daran, unsere Beziehung möglichst im Stillen zu leben. Ihretwegen. Ich meine, dass Sie bekannter sind als ich, Capitano ...«

Matthias vermied es, ihm zu widersprechen. Er wollte auch nicht über seine neue Vermutung reden, dass Olivia vielleicht noch mehr Liebhaber gehabt hatte. Dennoch konnte er sich an diesen Gedanken nicht so recht gewöhnen. Woher hätte sie denn all diese Energie hernehmen wollen? Und der ständige Stress mit der Situation, sich nicht erwischen zu lassen, weder von Matthias noch von Belmont …

»Sie sind also absolut sicher, dass Sie nie in diesem Hotel waren?«

»Das müsste ich doch wissen«, sagte Belmont und wandte sich ab. »Sie entschuldigen mich jetzt. Ich habe anderes zu tun.«

Matthias trottete davon. Mit hängendem Kopf. Nie hätte er gedacht, etwas könnte ihn so aus der Fassung bringen wie das eben geführte Gespräch mit Belmont.

Er ging zurück zu seinem Wagen, setzte sich hinters Lenkrad und verharrte eine Weile reglos.

Olivia hatte sich an den besagten Donnerstagabenden nicht mit Belmont getroffen. Mit wem denn dann? Verschwieg Francine etwas, das auch nach Olivias Tod noch zu brisant war?

Er würde Francine so lange mit seinen Fragen torpedieren, bis er die Antwort hatte, die das letzte Stück eines verwirrenden Puzzles beinhaltete.

»Die Wahrheit und nichts als die Wahrheit, so wahr mir Gott helfe«, sagte Matthias laut vor sich hin. Es war das erste Mal seit langer Zeit, dass er den Namen des Schöpfers in den Mund nahm.

An wen konnte er sich sonst wenden?

Rolf wartete zu Hause auf ihn. Er schien ziemlich aufgebracht. »Ich darf annehmen, dass in diesem Jahrhundert, in dem Technologie kein Fremdwort mehr ist, auch mein Vater im Besitz eines Mobiltelefons ist und von diesem Gebrauch macht oder es zumindest auf Empfang stellt, damit man ihn erreicht«, warf er ihm vor.

»Und was ist so dringend, dass ihr mich braucht?« Matthias gähnte. Die letzten Stunden hatten ihn ermüdet.

»Häfliger hat angerufen«, sagte Rolf. »Nachdem du dich wie ein feiges Karnickel davongemacht hast, konnte er dir nicht mehr mitteilen, dass unsere Mutter für die Beerdigung freigegeben worden ist.«

»Hat er das so formuliert?« Matthias bezweifelte es. »Wie ein Karnickel?«, fragte er.

Rolf hob die Schultern. »Nein, natürlich hat er es nicht so formuliert. Aber er sagte, er habe deinen unverzüglichen Abgang nicht begriffen. Ehrlich gesagt, weiß ich auch nicht, warum du so in der Gegend herumirrst.«

Matthias schwieg betroffen. Rolf hatte es auf den Punkt gebracht. Anstatt der Sache ruhig auf den Grund zu gehen, agierte er wie ein Chaot.

»Ich meine«, fuhr Rolf fort, »dass die Umstände des Unfalls in der Zwischenzeit geklärt worden sind. Vielleicht solltest du dich damit abfinden.«

Matthias erwiderte noch immer nichts. Seine Söhne kannten nicht die ganze Wahrheit. Und er hütete sich, ihnen diese zu offenbaren. Sie sollten Olivia in Erinnerung behalten, wie sie sich ihnen gegenüber gezeigt hatte: eine aufopfernde, liebende Mutter ohne Fehl und Tadel.

»Marc hat sich die Freiheit genommen, beim Bestattungsinstitut vorbeizuschauen und alles Wichtige zu erledigen«, ergänzte Rolf. »Ich nehme an, du bist damit einverstanden. Morgen findet das Begräbnis statt.«

Matthias hatte keine Einwände.

Er kam sich von seinen eigenen Söhnen so überrumpelt vor, dass ihm die Sprache versagte.

Sie waren genauso ausgeglichen wie Olivia. Überlegt und überlegen. Nichts konnte sie aus der Ruhe bringen. Sie litten nur im Verborgenen.

Olivia lebte in ihnen weiter.

Erst am Nachmittag fuhr Matthias zum Hotel von Francine de Boni. Er hatte sich tausendmal die Fragen, die er ihr stellen wollte, zurechtgelegt.

Jetzt saß er am Tisch neben dem Fenster und schaute auf den Parkplatz hinaus.

Der Nebel kroch wie ein Ungeheuer durch die Gegend und verschlang jedwede Kontur.

»Wieder ein Glas Milch?« Francine stand neben dem Tisch und schaute auf ihn hinunter.

Matthias wandte sich ihr zu. Er hatte sie nie so genau wahrgenommen wie jetzt. Francine war eine kleine stämmige Frau mit Wangen, die an rote Äpfel erinnerten. »Warum haben Sie mich angelogen?«

Francine nahm sofort eine abweisende Haltung an. »Ich habe Sie nicht angelogen.«

»Aber Sie haben absichtlich nicht alles gesagt, was Sie wissen. Sie haben mir dadurch ein völlig falsches Bild der Dinge vermittelt«, sagte Matthias.

»Schon möglich. Wenn Sie nicht alles verstanden haben, so ist das nicht mein Problem.«

Wen deckte sie, fragte er sich. »War Olivia an besagtem Donnerstagabend da?«

»Sie war da«, sagte Francine.

»Allein?«

»Nein!« Francine drehte sich um, weil eine Gruppe von Gästen das Restaurant betrat.

Matthias ahnte, dass ihr dies gelegen kam. »Ich möchte einen Kaffee bestellen.« So schnell wurde sie ihn nicht los.

Allmählich füllte sich der Speisesaal. Matthias saß da und wartete vergebens darauf, dass Francine noch einmal an seinem Tisch erschien. Die Bestellung hatte sie vergessen, ob aus Absicht oder Nachlässigkeit. Sie mied ihn. Aus Angst vor zu vielen Enthüllungen?

Matthias übte sich in Geduld und wartete auf den passenden Moment, Francine noch einmal an seinen Tisch zu beordern. Sie kam nicht, und er beschloss, sie hinter der Theke anzusprechen.

»Gehen Sie«, bat sie ihn. »Ich habe nichts mehr zu sagen.«

»Olivia war meine Frau. Ich muss erfahren, was an vergangenem Donnerstag geschehen ist. Mit wem war sie da?«

»Von mir werden Sie nichts hören. Verschwinden Sie.« Francine öffnete eine Wasserflasche, stellte diese zusammen mit zwei Gläsern auf ein Tablett und machte sich daran, dieses wegzutragen.

Matthias entschied sich schweren Herzens für einen Rückzug.

Beim Hinausgehen durchquerte er den Empfangsraum des Hotels. Bevor er die Tür aufstieß, blieb er abrupt stehen. Er schaute sich um. Die Eingangshalle war leer. Kurz entschlossen ging er um den Tresen herum und übersah mit einem Blick die Dinge, die darauf lagen. Außer ein paar Prospekten und Postkarten, die für das Hotel warben, gab es nichts, was seine Aufmerksamkeit auf sich zog. Matthias betrachtete eine Zeit lang die farbigen Broschüren.

Dann begab er sich in den hinteren Teil des Empfangs, wo das Büro lag, abgeschirmt durch eine Glaswand.

Der Computer war in Betrieb. Auf dem Bildschirmschoner tummelten sich eigenartige Figuren, die sich innerhalb weniger Sekunden verdoppelten und vervielfachten, bis der Bildschirm zugedeckt war mit den sonderbaren Gestalten. Einen Augenblick nur war der Bildschirm grau, dann begann alles von vorne.

Matthias bediente die Maus, tippte mit ihr die Dateiordner an und fand schneller als gedacht die Liste mit den »Arrivées« und den »Départs«. Er sah, was er gesucht hatte. Den Donnerstag und die Namen der Gäste, die an diesem Tag ein Zimmer gemietet hatten.

Matthias überflog die Namen. Keiner kam ihm bekannt vor.

Bis auf einen.

Den Stoß in seiner Herzgegend empfand er als schmerzlich. Er vermochte nicht zu fassen, was er hier sah. Name und Vornamen waren eingetragen. Sogar Beruf, Alter und die Wohnadresse.

Eine Weile blieb Matthias stehen. Atmete tief durch. Spürte, wie es ihm den Schweiß aus den Poren trieb. Er versuchte, seine Gefühle unter Kontrolle zu halten, doch es war fast unmöglich.

Fassungslos blickte er auf die Zeilen.

Die junge Frau bemerkte er erst, als sie schon neben ihm stand, zuerst den Bildschirm und dann ihn vorwurfsvoll anstarrte. Vielleicht verhinderte die Tatsache, dass die Frau erst in der Ausbildung war, was Matthias auf dem Schild auf ihrer linken Brust las, dass sie sich lautstark bei ihm beschwerte. Stattdessen bat sie ihn nur inständig, aus dem Büro zu gehen. Falls er sich verirrt habe, werde sie großzügig darüber hinwegsehen.

Matthias stammelte eine Entschuldigung und verließ, ohne einen weiteren Blick zurückzuwerfen, die Empfangshalle und das Hotel.

Rolf und Marc zeigten sich engagiert, was Matthias dankbar zur Kenntnis nahm. Sie kümmerten sich um alles, wozu er nicht in der Lage war. Es fehlte ihm an Energie und gesundem Menschenverstand, allein schon aufgrund seiner großen Müdigkeit. Er hatte wenig geschlafen in den letzten Nächten und wehrte sich selbst jetzt, nachdem er im Spiegel erschrocken festgestellt hatte, wie elend er aussah, noch gegen den Schlaf.

Am Nachmittag finde die Beerdigung statt, im kleinen Kreis, wie Marc ihm versicherte. Sie hätten es absichtlich unterlassen, den tragischen Verlust ihrer Mutter breit bekannt zu machen. Ein paar ausgesuchte Leute würden da sein, von denen sie wüssten, dass ihnen der Tod ihrer Mutter sehr naheging.

Matthias hätte nicht anders reagiert. Und von seinen Söhnen schon gar nichts anderes erwartet. Wenigstens darin stimmten sie mit ihm überein.

Es nieselte aus einem Nebelvorhang heraus, der sich schwer über die Gräber legte.

Der Friedhof befand sich außerhalb der Stadt in Waldnähe unterhalb des Kantonsspitals, das wie ein Monolith über die Landschaft ragte.

Nach einer kleinen Andacht in der Friedhofskapelle schritt der Trauerzug durch das Gräbermeer zur Wand, die den Blick auf die Straße dahinter verwehrte. In die Mauer waren Nischen für die Urnen eingelassen. Kleine Höhlen, die sich in geringem Abstand zueinander nach innen wölbten, vor denen Efeuranken hingen und ausgetrocknete Erikastauden, das Einzige, was dieser Jahreszeit einen winzigen Farbtupfer verlieh.

Etwa ein Dutzend Leute in Schwarz scharten sich im Halbbogen um den Priester und lauschten seinen Worten.

Matthias hielt sich hinten auf. An seiner Hand war Marie. Schüchtern wie immer. Ängstlich jetzt und zitternd vor

Kälte. Matthias hätte seine Schwiegermutter beschimpfen mögen über die Fahrlässigkeit, mit der sie ihre Enkelin eingekleidet hatte. Sie blieb, was sie war: eine egoistische Frau.

Neben ihnen standen Marc und Rolf.

Andrea, die zwei Meter von ihnen entfernt stand, sah wie eine Ikone aus. Wie immer trug sie die schwarze Sonnenbrille und hatte ihre Lippen auch im Angesicht der Trauer um ihre Tochter knallrot bemalt. Eine schaurige Karikatur ihrer selbst.

Ihre beiden anderen Töchter mit Ehemann und Kindern und der einzige Sohn mit Familie schlossen den Kreis. Weder sein Vorgesetzter Riedweg, was Matthias eigentlich erwartet hätte, noch Hannelore waren anwesend. Hannelores Fehlen berührte ihn besonders.

Marc hatte ihm versichert, er habe Hannelore eine Nachricht zukommen lassen. Eine so kurzfristige Nachricht sei doch für eine Journalistin nichts Außergewöhnliches. Sie habe in ihrem Berufsleben bestimmt schon tausendmal schneller reagieren müssen.

Der Priester sprach einfühlsame Worte.

Matthias nahm nur Fetzen davon wahr. Er war abgelenkt und konnte sich nicht erklären, weshalb.

»Eine junge Frau … zu jung, um zu sterben … Mutter … nicht ersetzbar … geliebte Ehefrau und Partnerin … eine Folge von schrecklichen Zusammenhängen …«

Matthias erinnerte sich an den frühen Morgen, an dem ihn die beiden Polizisten mit der schrecklichen Nachricht konfrontiert hatten. An seine Gefühle damals, die er verspürt hatte, als müsste er auf der Stelle sterben. Hätte er all die Dinge, die im Nachhinein zum Vorschein gekommen waren, im jetzigen Augenblick nicht gewusst, er hätte sich nicht beherrschen können. Er wäre zusammengebrochen vor Bitternis. Hätte geheult wie ein sterbender Wolf. So aber versuchte er vergebens auf die Stimme seines Herzens zu hören.

Es rührte sich nicht.

»… aus dem prallen Leben gerissen …«, vernahm er wieder die Worte des Priesters.

Matthias fragte sich, ob dieser Mann dort vorn auch Olivias dunkle Seite kannte. Und wenn er sie gekannt hätte, ob er sie am Grab wirklich in Worte fassen würde. Offensichtlich verfälschte auch der Tod die wahren Begebenheiten. Das Tiefgründige blieb verborgen. Der Tod verschlang die Wahrheit.

Über Olivias Schwangerschaft verlor der Priester kein Wort. Vielleicht hütete er sich davor, in schwierige Gefilde vorzudringen. Das Wesentliche lag wohl in der Einfachheit.

Und weil das Nichtausgesprochene der Wahrheit letztendlich viel näherkam.

Für den Rest der Welt.

Später erst bemerkte Matthias die dunkle Gestalt zwischen den Gräbern und erkannte in ihr Belmont. Gebeugt schlich er über den mit Kieselsteinen belegten Weg. Es sah aus, als müsste er sich fast mit Gewalt darum bemühen, keinen Laut von sich zu geben. Er stellte sich neben Matthias und entschuldigte sich für sein verzögertes Erscheinen.

Matthias fragte sich, wer Belmont über die Beerdigung informiert haben konnte. Seine Söhne schloss er aus.

Dennoch würdigte ihn Matthias keines Blickes. Es interessierte ihn bloß, ob Belmonts Auftauchen bei den anderen irgendeine Reaktion auslöste. Aber niemand schien ihn zu kennen.

Olivia hatte die Beziehung tatsächlich geheim halten können.

Der Priester beendete sein Gebet und erteilte den Segen, worauf sich Andrea mit einem derart krampfhaften Ruck umdrehte, dass es fast schon an Gewalttätigkeit grenzte. Trotz der dunklen Brille meinte Matthias zu sehen, wie sie Belmont, dann Marie anstarrte, dann wieder Belmont.

Es bestand kein Zweifel, dass sich die beiden glichen.

Ob dies Andrea wohl in diesem Moment auffiel? Vorsorglich zog Matthias Marie auf die andere Seite. Andrea war damit der Blick auf seine Tochter … auf Belmonts Tochter verwehrt.

Die Kleine stand jetzt zwischen ihren beiden Vätern.

Matthias beobachtete Belmont. Aber nicht das Geringste bewegte sich auf seinem Gesicht. Entweder war er ein guter Schauspieler oder ein eiskalter Mensch. Matthias zog das Zweite eher in Betracht.

Nach einer Weile des Schweigens wandten sich die Trauernden zum Gehen. Leise sprechend, gebeugt. Eine Parade des Leids. Schwarz und beklemmend. Sie entfernten sich von ihm, was Matthias nicht erwartet hatte. Niemand wollte mit ihm sprechen, außer Andrea. Aber das lag an ihrer angeborenen Neugier.

»Kann es sein, dass du mir deinen Bruder vorenthalten hast?« Schon tauchte die perfide Frage nach Belmont auf.

»Ich habe keinen Bruder«, sagte Matthias. Er ging vorsichtshalber nicht näher darauf ein.

Er stand mit dem Rücken zu Belmont, der ein paar Schritte von ihm weggetreten war, und versuchte Andreas Blick auf ihn zu verdecken.

»Ach, das war nur so eine Idee von mir.« Sie machte eine abwehrende Geste. »Auf den ersten Blick sieht es so aus, als hätte Marie sehr viel Ähnlichkeit mit dem Mann, der neben dir war.« Sie lächelte steif. »Was soll's. Ich werde langsam alt. Und dies hier«, wieder untermalte sie ihre Worte mit einer eindrucksvollen Handbewegung, »geht mir ziemlich nahe. Ja, es macht mich nervös. Ich glaube, Olivia hätte das alles nicht gewollt ...«

»Apropos Olivia.« Matthias nahm Andrea sachte zur Seite. »Hat sie dir irgendetwas über eine ...« Er hielt inne. »Ach, lassen wir das.«

Wenn er mit dem Thema begann, würde er eine unerwünschte Reaktion auslösen. Und Fragen aufwerfen, die er im Grunde nicht beantworten wollte. Er sah davon ab, schlafende Hunde zu wecken. Oder, da kannte er seine Schwiegermutter nur zu gut, eine Eigendynamik heraufzubeschwören.

Olivias Geschichte hatte mit ihrem Tod ein Ende gefunden. Was er selbst daraus machte, ging niemanden etwas an.

»Der Mann, der nach uns angekommen ist ...«, sagte Andrea. Sie winkte wieder ab. »Er macht einen traurigen Eindruck. Vielleicht solltest du dich um ihn kümmern. Irgendwo habe ich den schon mal gesehen.« Sie entfernte sich plötzlich von Matthias und schloss sich ihrem Sohn an.

Verwirrt blieb Matthias zurück. Andrea war keine gute Schauspielerin. Er maß ihrem beiläufigen Gerede nicht so viel Bedeutung bei.

Er dachte an Hannelore.

Er musste mit ihr ein klärendes Gespräch führen. Dass ausgerechnet sie nicht am Begräbnis teilgenommen hatte, erschien ihm sehr suspekt.

Es brauchte all seine Überzeugungskraft, bis Rolf sich damit abfand, dass Matthias nicht zum anschließenden Leichenmahl kommen würde. Und Marc tadelte ihn mit einem Blick, der nichts Gutes versprach.

Als Matthias aus der Stadt herausfuhr, dämmerte es bereits. Nebel und Dunkelheit verschlangen die klare Sicht.

Hannelore wohnte in einem jener Vorstadtblöcke, welche an den muffigen Alltag bürgerlicher Familien denken ließen. Schmutzige Fassaden, auf denen die Spuren von Staub und Abgasen vergangener Jahre nie beseitigt worden waren. Niemand war bereit, für eine Sanierung oder für einen Neuanstrich Geld auszugeben. Hinter den dumpfen Fensterscheiben existierte durchwegs Leben. Es gab drapierte Vorhänge und Hängepflanzen. Auf einer Scheibe machte Matthias ein Bild aus. Der untere Teil stellte eine Wiese dar, auf dem ein farbiges Haus zu sehen war. Im Hintergrund befand sich ein hingekleckerter Himmel und etwas Ähnliches wie eine Sonne. Es sah danach aus, als hätte der Maler oder die Malerin während der Arbeit die Lust daran verloren.

Matthias musste dreimal klingeln, bis über dem Eingang ein Fenster weit aufgerissen wurde und eine graue Haartracht zum Vorschein kam.

»Wenn Sie zu Frau Bongartz wollen«, krächzte eine Frauenstimme, »die ist nicht zu Hause.«

Matthias fragte sich, ob die Alte Gedanken lesen konnte. Aber er führte ihre Reaktion darauf zurück, dass sie den Klingelton der darüberliegenden Wohnung bestens kannte. Vielleicht hatte die Frau den ganzen Tag nichts anderes zu tun, als Geräusche um sich herum aufzunehmen und sie zuzuordnen. Dennoch fragte er, warum sie dies wusste. »Sind Sie miteinander bekannt?«

»Ich habe Hannelore Bongartz heute Morgen aus dem Haus gehen sehen«, sagte die Frau. »Seither ist es still in der Wohnung.«

Matthias gab sich nicht zufrieden. Er bat die Fremde, den Türöffner zu aktivieren, damit er sich von Hannelores

Abwesenheit überzeugen konnte. Die Fremde zögerte. Matthias versuchte mit seinem verbliebenen Charme, die Frau zu überreden.

Im Treppenhaus roch es nach Küche, hauptsächlich Knoblauch, und es stieß ihm übel auf.

Wie nicht anders zu erwarten, stand die Frau vor ihrer Wohnungstür, als Matthias den ersten Stock erreichte.

»Wenn Sie schon mal hier sind«, sagte er, »dann können Sie mir doch sicher sagen, wann Frau Bongartz von ihrer Auslandsreise zurückgekommen ist.«

»Auslandsreise?« Die Frau legte ihre Stirn in Falten. »Sie war doch die ganze Zeit hier. Ich habe mich gewundert, obwohl mir das Wundern bei dieser Frau längst abhandengekommen ist.« Ihre Augen rollten belustigt.

»Erinnern Sie sich vielleicht an den letzten Donnerstag?«, fragte er.

»In der Nacht vom Donnerstag auf den Freitag? Da ist Frau Bongartz etwa gegen zwei in der Früh zurückgekehrt. Sie war so laut in dieser Nacht … das hat mich echt genervt, weil ich schlecht schlafen kann … Ich habe mit dem Besenstiel an die Decke klopfen müssen«, schob sie aufgebracht nach. »Sehen Sie selbst. Ich habe mich danach fürchterlich aufgeregt, weil jetzt in der Decke im Wohnzimmer eine unansehnliche Delle ist.«

Matthias bedankte sich für die ausführlichen Informationen und hatte alle Mühe, sich von der Frau zu verabschieden, ohne unhöflich zu sein.

Zwölf

Matthias nahm zwei Stufen auf einmal und erreichte außer Atem Hannelores Wohnungstür. Er klingelte ein letztes Mal, worauf die Tür einen Spalt breit geöffnet wurde und Hannelores Gesicht erschien. Ihrem Aussehen nach zu urteilen, hatte sie geschlafen. Und der Alkoholgeruch erübrigte eine diesbezügliche Frage. Matthias fand trinkende Frauen ekelhaft.

»Kann ich hereinkommen?«

Bevor Hannelore Anstalten machte, Matthias hineinzulassen, hatte er einen Fuß über die Schwelle gesetzt. »Du kannst mir jetzt nicht mehr ausweichen«, sagte er und betrat unaufgefordert das Wohnzimmer.

Hier war alles wie bei seinem letzten Besuch, mit Ausnahme des Tisches aufgeräumt in peinlicher Sterilität.

»Ich weiß«, sagte Matthias, »dass du eine begnadete Reporterin bist.« Er setzte sich auf einen der Designersessel und schlug die Beine übereinander.

Hannelore platzierte sich mit verschränkten Armen an der Wand, die das Wohnzimmer von der Küche trennte. »Ach, seit wann interessiert dich meine Arbeit?«

»Ich lese immerhin zwei der Zeitungen, für die du arbeitest«, erwiderte er. »Ehrlich gesagt habe ich nie nur einen Moment am Wahrheitsgehalt deiner Berichte gezweifelt. Ich kann mir jedoch durchaus vorstellen, dass auch ein Mensch in deiner Anstellung kreative Ideen entwickeln muss, um die Leserzahl erhöhen zu helfen, unter welchem Druck auch immer du stehst. Die Konkurrenz schläft nicht. Und nur mit politischen und wirtschaftlichen Themen kann die Presse nicht existieren. Ich bin sicher, du hast in all den Jahren auch in anderen Themenbereichen gearbeitet …«

»Was soll das?« Hannelore machte einen Schritt vorwärts. Auf dem Glastisch stand ein Weinglas, nach dem sie griff.

»Sensationsberichte zum Beispiel«, sagte Matthias. »Das ist es doch, was die Leserschaft wünscht. Sich am Leid des anderen zu ergötzen. Ich kenne diese Zeitungen gut genug, um zu wissen, wer hinter dem Kürzel *habo* steht. Sonst schreibst du deinen Namen immer aus. Nur in den Kurznachrichten und Kolumnen stehst du nicht dazu.«

Über Hannelores Gesicht breiteten sich nervöse Flecke aus. »Erkläre mir, was du willst.« Sie setzte sich Matthias gegenüber auf den anderen Designersessel.

»Ich gehe davon aus, dass es dir nicht schwerfällt, Unwahrheiten zu verbreiten. Die werden auch nicht hinterfragt. Hauptsache, sie beinhalten viel Dramatik, damit der Leser auf seine Kosten kommt. Aber ich kann mir vorstellen, dass du dadurch selbst den natürlichen Bezug zur Wahrheit verloren hast. Vielleicht kannst du nicht abschalten von deinem Beruf, oder aber du lügst bewusst.«

»Jetzt reicht es aber.« Hannelores Stimme überschlug sich. Sie war völlig außer sich. »Worauf willst du hinaus?«

»Wann hast du Olivia tatsächlich zum letzten Mal gesehen?«, fragte Matthias.

Die kaltblütige Journalistin war im Begriff, ihre Nerven zu verlieren. »Das habe ich dir bereits gesagt.« Sie hustete. »Wir hatten seit zwei Monaten keinen Kontakt mehr.«

»Ich glaube dir kein Wort.«

Matthias ließ sich Zeit und beobachtete, wie Hannelores Unsicherheit wuchs. »Deine Freundin Francine mag vielleicht Dinge zum Verschwinden bringen. Aber ein gewissenhaftes Mädchen in der Ausbildung wird alles daransetzen, eine Gästeliste seriös zu führen. Dein Name steht am Donnerstag der vergangenen Woche schwarz auf weiß unter den Ankünften. Leider hat sich Francine versprochen, die Gute, als sie mir mitteilte, dass Olivia am Donnerstag in ihrem Hotel war. Aber nicht sie, sondern *du* hast da ein Zimmer gemietet. Ich weiß nicht weshalb. Aber es sieht danach aus, dass du mir nicht die ganze Wahrheit gesagt hast. Im Gegenteil, du hast mich angelogen! Ich erinnere mich. Francine hat nie erwähnt, dass sich Olivia mit einem Mann trifft. Ich ging nur immer davon aus. Aber jetzt bin ich sicher, dass du diejenige warst, die mit Olivia zusammen war!«

Hannelore schlug mit der flachen Hand auf den Tisch. Das Weinglas hüpfte auf und ab. Sie war aufgebracht und schäumte fast vor Wut. »Warum hätte ich mich ausgerechnet im Hotel mit Olivia verabreden sollen?«

Sie goss sich Wein nach. Ihre Hände zitterten und sie trank das Glas in einem Zug aus. Danach erhob sie sich. »Ich muss mal«, lallte sie und schwankte in Richtung Badezimmer.

Matthias nahm die Gelegenheit wahr und schaute sich in der Wohnung um. Er schlich ins Schlafzimmer.

Er hatte Hannelore als extrovertierte Frau kennengelernt. Nichts mehr hätte ihn überrascht. Aber beim Anblick des Bettes schauderte es ihn.

Mit etwas Phantasie erkannte er einen goldfarbenen Drachen auf der zerwühlten schwarzen Satindecke. Auch über dem Bett gab es ein urzeitliches Monster mit fletschenden

Zähnen und langer Zunge, die gefährlich aus dem Rachen hing. Matthias vermochte nicht klar zu sehen, aus welchem Material der Drache bestand.

Aber das war es nicht, was ihn dermaßen befremdete.

An den Wänden hingen großformatige Bilder von Frauen in allen möglichen und unmöglichen Posen, teils in skurrilen Kleidern, dann wieder fast nackt. Die bevorzugte Bekleidung schien eindeutig schwarze Wäsche zu sein. Unterwäsche, wie sie Matthias oft in einschlägigen Katalogen gesehen hatte. Oder im Internet, wenn er die seltenen langweiligen Tage überbrücken musste.

Bei näherem Hinsehen erkannte er Hannelore und Olivia. Sie posierten miteinander oder nebeneinander, einzeln oder zu zweit. Olivia, die sich immer gewehrt hatte, wenn er sie ablichtete. Hier sah es danach aus, als hätte sie es gemocht, ihre Nacktheit zu zeigen. Nicht unschön, wie Matthias feststellte. Anmutig wäre wohl die treffendere Beschreibung gewesen.

Er ertappte sich dabei, wie er lange auf die beiden Frauenkörper blickte und sie miteinander verglich. Olivias sanfte, weiche Rundungen standen im krassen Gegensatz zu Hannelores burschikosem Körperbau.

Matthias vergaß die Zeit. Er merkte nicht, wie Hannelore plötzlich hinter ihm auftauchte. Erst als sie einen Schritt vor ihn machte, erschrak er.

»Jetzt kennst du meine Schwäche«, sagte sie, »und weshalb ich mit Männern nie etwas anfangen konnte. Olivia und ich … wir waren Freundinnen … immer schon gewesen. Ich habe sie so geliebt, dass es mir nicht einmal etwas ausmachte, als sie dich heiratete und die Kinder bekam. Ich wollte sie nicht verlieren. Darum nahm ich es in Kauf.« Sie seufzte.

Matthias stand mit offenem Mund da. Unfähig, etwas zu erwidern.

»Es hätte alles so weiterlaufen können«, fuhr Hannelore fort. »Einmal pro Woche Olivia in meiner Nähe zu haben, genügte mir vollkommen … Du siehst, ich bin ein großzügiger Mensch … Aber dann tauchte dieser Étienne auf.« Sie seufzte wiederholt. »Erst nach anfänglichen Schwierigkeiten konnte ich mich mit dieser Situation arrangieren.«

»Dann hast du von Anfang an gewusst, dass Marie nicht meine Tochter ist?« Matthias setzte sich aufs Bett mit dem Drachenkopf. Er zwang sich, in sich hineinzuhören. Hannelores Beziehung zu Olivia verursachte ihm keine Emotionen, kein heftiges Herzklopfen. Zwei Frauen, eine Frauenfreundschaft, gefährlich für einen Mann, aber nicht so, wie Matthias es sich vorstellte. Belmont war der größere Feind gewesen. Auch für Hannelore, was sie augenscheinlich nicht zugeben wollte.

»Und warum habt ihr, du und Olivia, euch gestritten?«

Hannelore setzte sich ebenfalls. »Als mir Olivia mitteilte, sie sei schon wieder schwanger … von diesem Étienne, der sie ja nur benutzte. Ich sah doch, wie Olivia litt. Wie sie es nicht mehr verkraftete, und dass ihr schöner Körper den Strapazen der erneuten Schwangerschaft nicht mehr gewachsen war. Sie war nicht mehr zwanzig oder dreißig, wo ein solcher Umstand spurlos an ihr vorbeigegangen wäre. Daraufhin versprach sie mir, einen Abbruch zu machen. Sie hatte bereits einen Termin bei diesem …«

»… Dr. van Essel«, sagte Matthias. Er kam sich plötzlich wie ein Fremder in seinem eigenen Körper vor. Alles, was gewesen war, existierte nicht mehr. Es war, als hätte er die Jahre mit Olivia in einer Illusion gelebt. In einer Geschichte, die nicht seine eigene, sondern eine verfälschte, verzerrte war. Er verkam zur Marionette, ohne zu wissen, wer die Fäden, um ihn zu manipulieren, in den Händen gehalten hatte. War es Olivia? Hannelore oder Belmont?

»Ich möchte jetzt erfahren, was an diesem Donnerstagabend wirklich geschah.« Matthias raffte sich auf. Er kämpfte gegen einen Sog, der ihn ins Nichts herabzuziehen drohte. In die absolute Leere.

Es war ein scheußlicher Gedanke: Er war hintergangen und ausgenutzt worden. Von einem ganzen Komplott. Und von seiner Frau, die er geliebt hatte.

»Stehe unter dem Sternenhimmel und fühle, wie unwichtig du bist«, erinnerte er sich an Olivias Worte.

Matthias war unwichtig geworden. »War Olivia mit dir im Hotel?«

»Ja«, hauchte Hannelore. »Wir haben uns ein paarmal bei Francine getroffen. Wir dachten beide, dass es gut wäre, uns auf neutralem Boden zu unterhalten. Olivia war sehr einsichtig.«

»Hat sie mich aus dem Hotel angerufen?«

Hannelore nickte. »Ich habe sie geliebt … an diesem Abend ein letztes Mal.« Jetzt weinte sie.

Matthias schloss beschämt die Augen.

Olivia hatte gezittert. Sie hatte unter Hannelore gezittert, oder unter ihren Händen, ihrem Mund …

Olivia musste eine unersättliche Frau gewesen sein.

Sie verlor ihre Konturen, die Frau, ihr Gesicht, das schöne, zerfloss in einer Maske, die sich auflöste … zurück blieb nichts als nichts.

Plötzlich sah Matthias sehr klar.

Es war, als verzöge sich ein dichter Nebel und gäbe den Blick auf die ungetrübte Wahrheit frei. Auf die Wahrheit, die ihn zwang, sie zu ertragen.

Während all der Jahre hatte er mit einem falschen Bild gelebt. Mit einem Gemälde, auf dem er nur das Bunte wahrnahm. Er hatte es selbst verwischt und nur die Dinge darauf gesehen, die ihm persönlich in sein Lebenskonzept passten. Ihm, dem nach Ruhm und Ansehen Süchtigen. Ihm, der den Ton angab, wie eine Ehe zu funktionieren hatte. Die anfängliche Verliebtheit hatte sich in Besessenheit verwandelt. Olivia war zu seinem Besitz geworden. Er hatte sie nie gefragt, ob sie mit seiner Einstellung einverstanden sei. Er hatte für sie gedacht, für sie entschieden und ihre Wünsche unbeachtet gelassen. Er hatte sie vor vollendete Tatsachen gestellt. Auf seinem Egotrip. In seiner Verblendung.

Matthias hatte sich in seinen Gedanken verloren, in seiner Kopflastigkeit.

Gedanken, die seine Gefühle zunichtegemacht hatten. Wie der Takt, der den wahren Rhythmus der Musik verfälscht.

Letztendlich konnte er es Olivia nicht einmal verargen, wenn sie sich heimlich aus diesem Dilemma Wege gesucht und sich mit Menschen eingelassen hatte, die ihre Sehnsucht stillten.

Jetzt war sie tot, und er konnte nichts wiedergutmachen. Jetzt, nachdem er aus einem trüben See aufgetaucht war, unter der Oberfläche des Wassers, das die reale Größe der Dinge verzerrte. »Was ist dann passiert?«, fragte Matthias, als er sich wieder in den Griff bekam.

»Wir redeten wieder.« Hannelore fuhr sich mit der einen Hand schniefend übers Gesicht. »Wie so viele Male zuvor. Olivia sagte mir, dass sie das Kind behalten und eher mit mir Schluss machen würde, als einen Mord zu begehen … so hat sie es gesagt … einen Mord. Nur wegen dieses Kindes von diesem Étienne, der sie doch gar nicht liebte … Dann hat sie gesagt, sie würde nach Hause fahren. Es sei zu Ende zwischen uns …« Sie schluchzte wieder.

»Wir kennen uns seit fünfunddreißig Jahren. Das kann man doch nicht einfach so wegwerfen. Zudem hat sie dich genauso hintergangen.«

Matthias war gerührt ob so viel Mitgefühls. Trotzdem gab er sich nicht zufrieden. Er ließ Hannelore eine kleine Verschnaufpause, bevor er sie mit weiteren Fragen behelligte.

Die Situation hatte sich verändert. Jetzt war es Matthias, der Hannelore in die Enge trieb. In ein Netz, aus dem sie nicht mehr hinausgelangen würde.

»Ich war so wütend, als Olivia ging. Sie ging einfach ... ohne noch einmal zurückzusehen. Sie ging aus dem Hotelzimmer ... ging weg von mir ... Ich habe ihr mein Leben gegeben, meine Liebe ...« Hannelore richtete sich auf. »Du kannst getrost zu deinen Söhnen zurückkehren«, sagte sie. »Die wissen nichts über meine Beziehung zu ihrer Mutter. Ich nehme an, das möchtest du auch erfahren.«

»Mich interessiert, was du genau nach Olivias Weggehen unternommen hast«, sagte Matthias.

Plötzlich tauchten neue Fragen auf. Wann war er eigentlich mit Olivia zum letzten Mal intim gewesen? Wann hatte er sie so verwöhnt, dass sie fast den Verstand verlor? Wann hatte er ihren Körper erkundet und war in die verborgenen Winkel ihrer Seele vorgedrungen? Hatte er sie überhaupt als Frau wahrgenommen?

»Was denkst du denn?«

Er kehrte in die Gegenwart zurück.

Hannelore funkelte ihn mit weit aufgerissenen Augen an. »Ich bin ihr nachgefahren. Sie hat einen Umweg gemacht. Ich konnte mir nicht erklären, wohin. Aber ich wusste, dass sie bei der Zufahrtsstraße wieder vorbeifahren musste, wenn sie nach Hause wollte.«

Matthias ahnte Schreckliches. Dennoch versuchte

er, nicht an das Letzte, Katastrophalste zu denken. Was musste im Kopf einer Hannelore vorgegangen sein, dass sie den Bezug zur Realität, mit der sie sich von Berufes wegen auseinandersetzen musste, verlor?

»Beschreibe mir deine Gefühle«, bat Matthias, obwohl er selbst daran zweifelte, jemals richtige Gefühle gekannt zu haben. Vielleicht war selbst Olivia bloß ein rationaler Bestandteil seines Lebens gewesen. »Welche Gefühle haben dich an jenem Donnerstag beherrscht?«

Eigentlich hätte er nicht danach fragen müssen. Er vermochte sich selbst ein Bild davon zu machen, wie es in ihrem Inneren ausgesehen hatte. Er hatte es selbst erlebt. Da war nicht ein Hauch von Mitgefühl gewesen. Es war nur um ihn selbst gegangen. Um seinen Schmerz. Um den Egoismus.

Vielleicht gab es aber einen Unterschied zwischen der Wahrheit vor dem Tod und der Wahrheit nach dem Tod. Er erinnerte sich an seine erste Reaktion, als er erfuhr, dass Olivia sich heimlich mit diesem Belmont getroffen hatte. Hatte er nicht auch das Verlangen verspürt, den Widersacher umzubringen?

Brauchte es so viel, um sich zu einem Mord verleiten zu lassen? Um ein Mörder zu werden?

»Was ist denn nun konkret geschehen?«, fragte Matthias.

»Meine Energie war auf einem Nullpunkt angelangt«, sagte Hannelore. »Mich beherrschte nur noch ein Gedanke, als ich Olivia mit meinem Wagen verfolgte. Und stell dir vor, ich war bei klarem Verstand.«

Genauso klar wie jetzt, dachte Matthias bitter. Er zweifelte jedoch an diesem Verstand.

»Ich wollte uns beide umbringen.« Hannelore lächelte eigentümlich. »Ich habe sie dann irgendwann vor der Brücke überholt. Wir waren allein auf der Straße. Dann bin ich umgekehrt.« Sie machte eine Sprechpause und strich sich mit dem linken Handrücken über Nase und Mund. Sie starrte vor sich hin, als würde sie die Tragweite des Geschehenen erst jetzt begreifen. »Ich kehrte um und fuhr direkt auf sie zu …«

Die Stille im Schlafzimmer war fast greifbar.

Matthias' Gedanken überschlugen sich. Er hatte es geahnt. Plötzlich schoben sich die Bruchstücke der Erinnerung wie Puzzleteile aneinander und ließen nach und nach das ganze Bild erkennen.

»Du hast wohl nicht damit gerechnet, dass sie dir ausweicht«, sagte er nun wieder pragmatisch denkend. Es war ihm, als sähe er sich einen Film an. Alles, was geschah, geschah außerhalb seiner Person. Er sprach mit Hannelore, als spräche er über das Wetter. Oder den Film, den er unbeteiligt betrachtete.

»Das war ein reiner Reflex von ihr«, sagte Hannelore, ohne ihre Stimmlage zu verändern. »Ein Reflex, verflixt. Ein verflixter Reflex …« Aber plötzlich heulte sie auf wie eine Wölfin. »Ich wollte doch mit ihr sterben.«

Matthias traute ihr zu, ihren eigenen Tod zu inszenieren. Er versuchte, sie zu beruhigen, weil er insgeheim damit rechnete, die Frau in der darunterliegenden Wohnung könnte womöglich die Polizei verständigen.

»Und hinter mir tauchten plötzlich Scheinwerfer aus dem Nebel auf«, fuhr Hannelore gefasst fort.

Mahler! Das musste Mahler gewesen sein. Der Zeuge.

»Ich konnte nicht anhalten. Vielleicht hätte ich etwas tun können. Aber dann ging alles so schnell … Und ich hatte Angst.« Kurz nur ein Schniefen. Wieder mit klarer Stimme sagte sie: »Also fuhr ich nach Hause und betrank mich.«

Matthias war geschockt. »Warum?«, fragte er und wandte sich wieder Hannelore zu. »Warum?«

Plötzlich wurde jeder Gedanke sinnlos. Jedes Wort war zu viel. Selbst seine Anwesenheit in Hannelores Wohnung verlor ihren Sinn.

Matthias schaute an die Wand mit den Bildern und entdeckte auf einmal die Fotografie, welche am Platz über dem Kaminsims bei ihm zu Hause fehlte.

Es war das Letzte, was für ihn noch Sinn ergab.

»Und gerade du fragst mich das«, sagte sie. »Manchmal gibt es Dinge, die sind auf der rationalen Ebene nicht erklärbar.«

»Mord?«

»Das, was dazu führt ... Vielleicht habe ich dir damit einen Gefallen getan ...« Hannelore torkelte vor Matthias herum und starrte ihn dabei an, dass ihm das Herz gefror. »Gib doch zu, dass du sie auch aus dem Weg geräumt hättest, wenn du vor mir die Wahrheit über sie erfahren hättest. Sie war doch unser beider Besitz. Ich habe ihren Körper besessen und du ihre Seele ... Es schmerzt, wenn uns das, was wir begehren, abhandenkommt ... Wir sind uns ähnlich, Matthias, so ähnlich ...« Sie lachte hysterisch auf.

Er hatte das Gefühl, sie legte gerade den Finger auf seinen wunden Punkt.

»Du kannst mich ruhig bei der Polizei verpfeifen dafür, dass ich dir die Drecksarbeit abgenommen habe ... Ich wollte immer mal hinter die schwedischen Gardinen ...« Sie sprach zusammenhangslos. Sie hatte den Bezug zur Wirklichkeit verloren. War sie schon wahnsinnig geworden?

»Vielleicht hätte ich da Zeit, das zu machen, was ich mir schon lange wünsche«, fuhr sie gleichbleibend ruhig fort. »Ein Buch schreiben.« Sie schürzte ihre Lippen zu einem Schmollmund. »Über dich zum Beispiel, über den großen kleinen Mann … über den falschen Professor, der am Gymnasium von nichts anderem gesprochen hat, als einmal vor einer Meute Studenten zu stehen und sie zu lehren, den großen Kapitän auf dem Dampfschiff Schiller, der nach Irrungen und Wirrungen zu sich selbst zurückfindet. Der durch den tragischen Tod seiner Frau eine Erleuchtung erhält. Dem die Wahrheit offenbar wird …« Sie hob plötzlich beide Arme und drehte die Handflächen Ehrfurcht gebietend nach außen. Einer Priesterin gleich, welche die Gemeinde zum Gebet einstimmte. »Setz dich, Matthias. Vielleicht sollten wir jetzt damit beginnen.«

»Womit?« Matthias gehorchte ihrer Aufforderung.

»Mit dem Buch«, antwortete Hannelore. »Ich kenne auch schon die ersten Sätze.« Sie lachte, und in diesem Lachen steckten ihr ganzes Elend und der Wahn. »Früher wollte man von mir, dass ich Bücher schreibe. Ab heute werde ich es freiwillig tun.« Hannelore kam von dem Designerstuhl nicht mehr hoch. Sie hatte zu viel getrunken. Erschlafft und kraftlos hing sie da.

Matthias fand es ekelhaft.

Allmählich begann er zu begreifen, was in der Nacht des Unfalls faktisch geschehen war. Bislang hatte er sich gewehrt, den Tatsachen ins Auge zu blicken.

Hannelore Bongartz, Olivias langjährige beste Freundin, ihre Donnerstagabendgeliebte, war eine Mörderin. Der Versuch, sich und Olivia in besagter Nacht durch einen erweiterten Suizid umzubringen, war für sie selbst gescheitert und hatte letztendlich eine Reihe schrecklicher Ereignisse nach sich gezogen.

Matthias hatte sich nie zuvor so sehr gewünscht, die Uhr zurückdrehen zu können. Er erinnerte sich an den Nachmittag auf dem DS Schiller, als die Tragödie ihren Lauf genommen hatte. Es war ihm, als hätte er einen Fingerzeig von oben erhalten. Olivia hätte es als eine göttliche Warnung interpretiert. Selbst in der Tragödie hätte sie das Schöne gesehen. Etwas geschieht, worauf man seine volle Aufmerksamkeit richtet, während das große Ganze langsam seinen Lauf nimmt.

Matthias sank in die Knie. Olivia! Nach allem, was in den letzten Tagen zum Vorschein gekommen war, die Rätsel um das Leben seiner Frau, die Lügen und Verschleierungen – Matthias hatte sie geliebt.

Hannelore saß wie weggetreten auf dem Designerstuhl, mehr liegend als aufrecht. Matthias verspürte Rachsucht und Mitleid zugleich, ambivalente Gefühle gegenüber der Frau, die ihm das Liebste genommen hatte. Sie war nicht nur die Mörderin seiner Frau und ihres ungeborenen Kindes, sie hatte auch einen Arzt umgebracht, einer jungen Frau den Verlobten und einem weiteren ungeborenen Kind den Vater genommen. Sie hatte Leben zerstört, aber auch eine Wahrheit zutage gefördert, die besser im Verborgenen geblieben wäre.

Matthias zitterte. Er hatte seine Nerven nicht mehr im Griff, als er sich über Hannelore beugte. Es wäre ein Leichtes gewesen, ihren Hals zu umfassen und sie zu erwürgen. Sie hätte sich in ihrem Rausch nicht gewehrt. Er hätte sie auch erschlagen können mit einer der unzähligen Weinflaschen auf dem Salontisch, erstechen mit einem der Messer, die er in der Küche entdeckt hatte. Wäre sie tot, würde man sie erst später finden und keine Rückschlüsse auf ihn ziehen können. Er dachte an die Nachbarin und kam zur Vernunft.

Eine unheimliche Leere nahm von ihm Besitz. Später verließ er Hannelores Wohnung. Hier war nichts mehr zu tun, zumindest nicht unmittelbar. Er ging hinunter vor das Haus und stieg dort in sein Auto. Als er den Motor startete, dämmerte der Morgen. Zu viel Zeit hatte er bei Hannelore verbracht. Stunden und Minuten, die ihm jetzt fehlten.

Er fuhr Richtung Autobahn und nahm die Einfahrt nach Luzern. Der Himmel über ihm klarte auf. Es war, als hätte die vergangene Nacht die Gegend aus dem hartnäckigen Nebel geschält. Der Morgen begrüßte Matthias mit orangen und violetten Farben, vor denen sich die Landschaft erst sanft und später die Stadt mit ihren scharfen Konturen abzeichnete.

Als Matthias Luzerns Zentrum erreichte, ging die Sonne über der Rigi auf. Der Tag versprach Erfreuliches, zumindest was das Wetter betraf. Ob er es als positives Zeichen deuten konnte? Matthias fuhr weiter über die Seebrücke, den Schweizerhofquai entlang. Die spitzen Türme der Hofkirche bohrten sich in ein makelloses Firmament. Luzern, seine Heimat. Matthias fühlte sich verbunden mit der Stadt am See und doch so losgelöst von ihr. Seine Heimat hatte ihm alles geschenkt und so vieles genommen. Zuletzt den Glauben an die Liebe.

Matthias hielt erst beim Verkehrshaus an. Er parkte, stieg aus und schritt zur Anlegestelle am Vierwaldstättersee. Der Tag war so anders als die Tage zuvor. Über dem See absolvierte der Raddampfer seine letzte Fahrt in diesem Jahr, sein DS Schiller, und im Hintergrund erhob sich majestätisch der Pilatus, der *Mons fractus*, wie man den Berg im Mittelalter genannt hatte, der gebrochene Berg. Matthias sah zu ihm hinüber und fühlte sich eins mit ihm, in einer Symbiose, die er nie zuvor so stark gespürt hatte, in diesem Moment, als ihm bewusst wurde, selbst gebrochen zu sein.

Er richtete den Blick auf das Wasser, ließ den letzten

Donnerstag wiederholt durch seinen Kopf gehen. Wie ein innerer Film liefen die Ereignisse in ihm ab. Wie Matthias auf der Brücke stand, bereit zum Einlaufen in Luzern, voller Vorfreude auf den Abend, das Telefongespräch mit Olivia, wie jeden Donnerstagabend. Der verlassene Rollstuhl bei den Tauen, die Hiobsbotschaft, ein Mann sei von Bord gegangen. Die Seepolizei, die Aufregung, die hysterische alte Frau – dann die Entwarnung.

Was wäre gewesen, hätte er mit Olivia über den Vorfall gesprochen? Die Aufregung war nicht spurlos an ihm vorübergegangen. Er hätte das Erlebnis gern zur Sprache gebracht an diesem Abend. Und hatte es nicht getan.

Olivia wäre vielleicht früher nach Hause gekommen und hätte ihn tröstend in die Arme genommen, hätte den Abend mit Hannelore abgesagt oder verschoben.

Er hatte geschwiegen aus Rücksicht auf sie oder wegen seiner Müdigkeit.

Das Dampfschiff glitt auf ihn zu. Das DS Schiller, auf dem *er* hätte stehen sollen. Der letzte Kurs in diesem Jahr, bevor die Dampfschiffflotte zur Werft gefahren wurde. Eine Dernière der besonderen Art, die traditionell mit einem gemeinsamen Essen im Schiller-Stübchen ihren Höhepunkt fand, später der Besuch in der Schweizerhof-Bar, ein paar Drinks zu viel, Lachen und sich auf den nächsten Frühling freuen.

Würde es für Matthias einen nächsten Frühling geben? Würde er das Drama verkraften können? Den Verlust? Diesen Schmerz? Diese Schmach?

Einige Passagiere standen sowohl auf dem Oberdeck als auch auf dem Unterdeck draußen und genossen die Sonnenstrahlen an diesem Bilderbuchtag. Matthias' Blick fiel auf den Kapitän auf der Brücke, der die Direktiven für die Landung am Steg erteilte. Matthias kannte ihn von seiner Schulung. Ein junger Mann, der die Ausbildung zum Schiffsführer geschafft hatte und jetzt in seine Fußstapfen getreten zu sein schien.

Matthias streckte seinen Rücken. *Sein* DS Schiller würde er niemals aus der Hand geben.

Am Steg schäumte das Wasser, Möwen kreisten kreischend über seinem Kopf. Matthias spürte etwas Feuchtes auf der Wange und griff instinktiv danach.

»Verflucht!« Einer der Vögel hatte etwas auf ihn fallen lassen.

Matthias wischte den Schmutz mit einem Taschentuch weg. Noch einmal dachte er an Hannelore. Sie würde den Rausch bald ausgeschlafen haben. Vielleicht war es an der Zeit, vorwärts zu schauen und seinen Vergeltungsgedanken nachzugeben.

Bevor Matthias die Laufplanke betrat, nahm er das Smartphone zur Hand und wählte Häfligers Nummer.

Bitte beachten Sie auch
die folgenden Seiten.

Mörderische Tour de Suisse

TESSIN

Andrea Fazioli

Verschwunden im Tessin

Ein Fall für Elia Contini

Kriminalroman

Aus dem Italienischen von Barbara Schaden

Sonia Rocchi trauert. Ihr Ehemann Enzo erlag plötzlich seinem vernachlässigten Herzleiden. Auf der Suche nach dem Trost der Berge fährt Sonia mit ihrer Tochter Natalia in die gemeinsame Tessiner Ferienwohnung. Dort, im verschlafenen Dorf Corvesco, führt der ehemalige Privatdetektiv Elia Contini neuerdings ein gemächliches Leben als Lokalreporter, denn er hat seinen früheren Abenteuern als Ermittler den Rücken gekehrt.

Contini ist also bequem geworden, doch Sonia stößt in Enzos Nachlass auf Recherchen über verdeckte Machenschaften im ruhigen Bergdorf. Welchem Verbrechen war Enzo auf der Spur, und warum scheinen alle Spuren zur Dorfbar »Tukan« zu führen? Die unangenehmen Fragen, die Sonia Rocchi stellt, treten eine Lawine an Ereignissen los. Auch Contini kann sich nicht länger heraushalten, als er eines Abends im Wald auf die komplett verstörte Natalia trifft.

ALIBI

Mörderische Tour de Suisse

SOLOTHURN/ NEUCHÂTEL

Christof Gasser

Drei Seen und ein Todesfall

Kriminalroman

Auf der Fahrt der MS »Stadt Solothurn« von Solothurn nach Biel geht ein betagter amerikanischer Tourist über Bord. Der Hundertjährige wird tot aus der Aare geborgen. Die Lehrerin Marielle Rochat ist die einzige Augenzeugin des Geschehens. Ihr Verhalten weckt bald den Argwohn der Solothurner Kripochefin Katrin Friis. Als sich der Verdacht gegen sie verdichtet, taucht Marielle Rochat unter. Friis verfolgt die Spur der jungen Frau quer durch das Drei-Seen-Land. Auf der Suche nach dem Tatmotiv treten nach und nach dunkle Geheimnisse zutage, deren Ursprung achtzig Jahre zurückliegt.

ALIBI

Mörderische Tour de Suisse

GRAUBÜNDEN

Philipp Gurt

Engadiner Teufel

Ein Fall für Corina Costa

Kriminalroman

Gold leuchten die Lärchen, tiefblau glitzern die Seen im Oberengadin, als Corina Costa, Alpinpolizistin und Bergbäuerin, auf ihrem kleinen Hof oberhalb von Pontresina alarmiert wird. Zwei junge Frauen einer Reisegruppe aus Deutschland, die wild campiert haben, wurden tot neben ihrem Zelt gefunden – zugerichtet, als wäre ein Braunbär der Schuldige. Der gewaltsame Tod der Berliner TikTok-Ikonen geht viral. Statt dass der Tatort gemieden wird, reisen Sensationsgierige ins Engadin, und die Jagd des Teufels auf Touristen geht weiter.

ALIBI

Mörderische Tour de Suisse

AARGAU

Ina Haller

Aarauer Nächte

Kriminalroman

Physiotherapeutin Anja wird misstrauisch, als ein Patient unter merkwürdigen Umständen stirbt. Und tatsächlich scheint er vergiftet worden zu sein. Doch auch andere Dinge geben ihr Rätsel auf: Ihr Chef scheint seine Frau mit einer von Anjas Kolleginnen zu betrügen – bis diese Kollegin dann bei Wanderung tödlich verunglückt.

Anja beginnt, Nachforschungen anzustellen. Dabei stößt sie auf diverse Liebesaffären und geheimnisvolle Machenschaften. Anja gerät unter Tatverdacht der ermittelnden Polizei, in den Fokus des wahren Täters und in Lebensgefahr ...

ALIBI

Mörderische Tour de Suisse

GENFERSEE

Gabriela Kasperski

Endstation Genfersee

Ein Fall für Libby Andersch

Kriminalroman

Als die scharfsinnige Rentnerin Libby Andersch gemeinsam mit dem Nachbarsbub Noah einer Einladung an den Genfer See folgt, merkt sie schnell, dass ihre Gastgeberin Hintergedanken hat. Und tatsächlich macht sich Odette Meisner, für die Libby einst als Kindermädchen gearbeitet hat, Sorgen, ihr kürzlich verstorbener Mann Charles könnte ermordet worden sein.
Offenbar besteht ein Zusammenhang mit örtlichen Streitereien um den öffentlichen Zugang zum See. Die tatkräftige Serenella Balmelli, Sprecherin einer Genossenschaftssiedlung, setzt sich dafür ein, einige Villenbesitzer sind dagegen. Als bei einem Konzert auf dem alten Dampfer La Suisse ein Anschlag passiert, fällt der Verdacht auf die Aktivistin Balmelli. Nur Libby ahnt, dass weit mehr dahintersteckt. Kann sie die wahren Verhältnisse aufdecken und einen weiteren Mord verhindern?

ALIBI

Mörderische Tour de Suisse

ZUG

Judith Stadlin
Michael van Orsouw
Zuger Todesfelle

Kriminalroman

Mittelalter und Mord, Brenneisen und Brandzeichen, Schnabelschuhe und Schaffelle – auch in diesem Kriminalroman mit dem sympathischen Ermittler Goran Voltic geht es ans Eingemachte, als eine Leiche beim Bach gefunden wird. Die idyllische Kulisse eines Mittelaltermarkts bekommt Risse, die Recken der Fellgylde werden in die Gegenwart katapultiert. Geht es um Rache? Um ein Liebesdrama? Oder um Bestechung und Unsummen von Geld? Oder um unsaubere Machenschaften mit Bitcoins? Viele Vorurteile, unterdrückte Angst, versteckte Leidenschaften und handfeste Wirtschaftsinteressen erschweren die Ermittlungen. Doch Kriminalkommissarin Eva Brandenberg und Polizeinovize Goran Voltic, ein unkonventionelles Ermittlerteam mit Kultpotential, lassen sich nicht einschüchtern.

ALIBI